Een wonderlijke winterreis

Corina Bomann bij Boekerij:

Het vlindereiland
De maneschijnsonate
De jasmijnzussen
De stormroos
Een wonderlijke winterreis
Het klaprozenjaar
Winterbloesem
De rozentuin

De vrouwen van de Leeuwenhof:
Agneta's erfenis
Mathilda's geheim
Solveigs belofte

De kleuren van schoonheid:
Sophia's hoop
Sophia's wens
Sophia's triomf

Waldfriede-saga:
Gloriedagen

boekerij.nl

CORINA
BOMANN

Een wonderlijke winterreis

Anna heeft niemand nodig, vindt ze – haar familie al helemaal niet. Of is de tijd voor verzoening gekomen?

BOEKERIJ

Eerste druk 2016
Vijfde druk 2022

ISBN 978-90-225-9769-9
ISBN 978-94-023-0742-9 (e-book)
NUR 302

Oorspronkelijke titel: *Eine Wundersame Weinachtsreise*
Vertaling: Lilian Caris
Omslagontwerp: Johannes Wiebel | punchdesign
Omslagbeeld: © Shutterstock
Zetwerk: CeevanWee, Amsterdam

Ullstein Buchverlage GmbH, Berlijn. Published in 2013 by Marion von Schröder Verlag.

Dit boek draag ik op aan iedereen die de wereld ook met Kerstmis draaiend houdt.

1

Toen Anna uit de tram stapte, galmden ze haar al tegemoet: kinderkoren die over sneeuwvlokjes zongen en daardoorheen blazers die christelijke kerstliedjes schetterden, en die werden weer overstemd door hedendaagse kersthits met veel klingelende klokken. Toen gebeurde het onvermijdelijke: '*Last Christmas, I gave you my heart...*' klonk het dreunend uit de exorbitante box van een kerstkraampje.

Over George Michaels verwijt zijn hart met Kerstmis te hebben verspild hing een wolk van gebrande amandelen, suikerspinnen en braadworst. De straten waren vol en de gehaaste mensen hadden geen oog voor de buitenproportionele piramide die boven de kerstmarkt uittorende en van waaraf houten mijnwerkers en wierookmannetjes met een duivelse blik op de mensenmenigte neerkeken. Maar Anna zag ze wel en keek vlug weg. Viel de mensen dan niet op hoe die beelden eruitzagen? Hoe dreigend die grote tanden waren?

De aanblik kon ze vermijden door naar de punten van haar grote zwarte moonboots te kijken, maar aan de geuren en geluiden viel niet te ontkomen. Ze had haar neus en oren wel dicht kunnen houden, maar dat zou er raar hebben uitgezien, en dus trok de studente haar sjaal omhoog, drukte haar tas dichter tegen zich aan en haastte zich over het trottoir alsof er ergens iets gratis te krijgen viel.

Maar ontsnappen was er niet bij. Toen ze bij de woning van mevrouw Hallmann aankwam, waren de vezels van haar jas, haar haar, zelfs de poriën van haar huid van kerstgeuren doortrokken. Om maar te zwijgen van haar oren, waarin George Michael en klingelende klokken als echo's in de Alpen naklonken.

Anna had geen idee waar haar afkeer van het feest van de vrede vandaan kwam. Als kind had ze niet kunnen wachten tot de maand december eindelijk op de kalender verscheen en het grote aftellen begon. Maar op een gegeven moment was het daarmee afgelopen geweest. Ze kon niet eens precies zeggen wanneer, want ze verafschuwde de eerste december met de vijfentwintig dagen gedwongen vrolijkheid in zijn kielzog al sinds tijden.

Haar reactie daarop was vluchten voor alles wat op een of andere manier met Kerstmis te maken had. Met plezier nam ze extra werk op de universiteit op zich, liefst in de bibliotheek, waar dankzij het eetverbod zelfs niet de geur van mandarijnen een voorbode was van de aanstaande feestdagen. Op haar ritten met de tram nam ze altijd genoeg lectuur mee, om niet naar de huizen te hoeven kijken die rond die tijd elkaar de loef afstaken met hun blinkende versieringen. In het studentenhuis verdween ze snel naar haar kamer of ging ze 's avonds naar de bioscoop of naar een gelegenheid waar ze weinig met Kerstmis ophadden.

Haar vriendin Paula had haar al een bijnaam gegeven voor de kersttijd. 'Grinch' – naar de Amerikaanse film over de grasgroene kersthater.

Dienovereenkomstig was haar kerstcadeau het afgelopen jaar een grasgroene sjaal geweest, die Anna direct naar de achterste regionen van haar sokkenla had verbannen. Niet vanwege dat Grinch, maar omdat ze vond dat groen maakte dat ze er ziek uitzag.

Twee keer per week ontkwam ze echter niet aan de algemene kerstdrukte. Dan ging ze naar mevrouw Hallmann. Omdat de 85-jarige niet goed ter been meer was, deed Anna boodschappen voor haar en deed ze verder ook alles wat er in het huishouden te doen viel.

'Oliebollen, verse oliebollen!' blèrde iemand met een zwaar Saksisch accent in haar oor. Anna voelde de warme damp van een rechaud bij haar wang en sprong verschrikt opzij. Daarbij struikelde ze en wist nog maar net op de been te blijven.

De ambulante oliebollenverkoper, die met zijn buikwinkeltje de straten rond de kerstmarkt onveilig maakte, had ze in haar pogingen om de kerstmarkt te omzeilen totaal over het hoofd gezien. Ze wierp de man, die een idiote, knipperende kerstmuts ophad, een duistere blik toe die hem ervan weerhield zijn waar nog eens aan te bieden. Ze liep haastig door en negeerde de boze uitroepen die ze naar haar hoofd geslingerd kreeg toen ze een paar mensen die op oliebollen uit waren opzij duwde.

Na nog eens vijf minuten gezang en zoete geuren had ze het eindelijk gered. Voor een huurhuis met drie verdiepingen bleef ze staan en negeerde ditmaal de prachtig gerestaureerde gevel, waar ze in de zomer urenlang naar kon kijken. Ontsnappen aan de kerstchaos was nu belangrijker dan het waarderen van oude bouwmeesters. Zonder omhaal drukte ze op de bel naast het naambordje met HALLMANN erop.

De zoemer klonk – mevrouw Hallmann wist natuurlijk dat ze kwam – en Anna duwde de deur open. De benedenverdieping van het huis was er op raadselachtige wijze in geslaagd geen kerstgeuren op te nemen. Het rook er naar rubber en schoonmaakmiddel, ook een beetje naar oude vloermatten, maar voor Anna was het als een frisse bries toen ze de trap naar de derde etage opklom.

Steunend op een oude wandelstok stond mevrouw Hallmann haar al bij de deur op te wachten. 'Anna, kindlief, fijn dat je er bent.'

De geuren uit de keuken stroomden Anna tegemoet en toverden een glimlach op haar gezicht. Het rook naar warme gist, vanille en suiker.

Hoewel mevrouw Hallmann weer eens last van haar benen had – die waren onder haar steunkousen vandaag weer heel erg opgezet – had ze het niet kunnen laten kruimelkoek te maken, Anna's lievelingsgebak.

'Neem me niet kwalijk dat ik vandaag wat later ben, onze docent heeft voor de kerstvakantie nog even alles uit de kast gehaald en de les flink laten uitlopen.'

'Geeft niet, ik weet toch dat ik op je kan rekenen. En ik heb vroeger zelf ook gestudeerd, dat is wel lang geleden, maar de docenten herinner ik me nog goed.'

Toen ze binnenkwam zag Anna weer het kerstboeketje met de strosterren dat mevrouw Hallmann in de vestibule had neergezet. Vreemd genoeg stoorde die voorbode van Kerstmis haar niet. De sterren waren ouderwets en kunstig gevlochten, heuse kunstwerkjes. Met de kerstkitsch die buiten werd aangeboden hadden ze weinig te maken.

'Kom eerst maar eens binnen. Ik heb gebakken, en nu is het toch koffietijd.'

Anna deed wat haar gezegd werd. Voor ze met het huishoudelijke werk begon en boodschappen ging doen, stond mevrouw Hallmann erop dat ze even met haar koffiedronk. Een gewoonte waar ze erg op gesteld was en waardoor ze de kerstdrukte een beetje achter zich kon laten.

Nadat ze haar jas had opgehangen volgde ze de bejaarde vrouw, die over een paar weken haar zesentachtigste verjaardag zou vieren, naar de woonkamer. Zoals altijd wanneer Anna kwam, was de koffietafel al gedekt. Het servies was nog van mevrouw Hallmanns grootmoeder geweest, fragiele kleine kopjes die eruitzagen alsof ze oorspronkelijk voor een enorm poppenhuis bedoeld waren geweest.

'Nou meisje, binnenkort is het Kerstmis,' zei mevrouw Hallmann terwijl ze op de bank neerzakte, die op dagen dat ze zich vanwege het vocht in haar benen niet zo makkelijk kon bewegen, zoiets als haar commandocentrum was. Binnen handbereik bevonden zich haar telefoon, een zakje chocolaatjes en de afstandsbediening, die ook als alarmknop voor de dokter diende. 'Knijp je er weer tussenuit?'

De oude vrouw kende haar maar al te goed. Maar hoe kon dat ook anders na twee jaar? In de loop van de tijd was ze voor Anna de oma geworden die ze nooit had gehad. Inmiddels wist ze bijna precies waar Anna's voorkeur naar uitging en wat ze verafschuwde. En natuurlijk wist ze dat Anna regelmatig met de kerst naar de zon vloog en haar uiterste best deed om elke confrontatie met kerstrituelen te vermijden.

'Dat weet ik nog niet,' antwoordde ze terwijl ze voor mevrouw Hallmann en zichzelf koffie inschonk uit de prachtige oude porseleinen kan, die ook zonder thermoslaag de koffie dampend heet hield. 'Ik zit momenteel een beetje krap bij kas, en bovendien moet ik nog het een en ander voor mijn studie doen.'

'Je gaat toch niet tijdens de kerst werken! Eens per jaar moet je je toch ook ontspannen, uitrusten en jezelf iets gunnen.'

'Ik kan toch bij u op bezoek komen,' antwoordde Anna, hoewel ze het niet echt meende, want ze wist dat mevrouw

Hallmann ondanks haar leeftijd een strak kerstprogramma zou afwerken.

'Dan moet je naar het Ertsgebergte komen. En daarna naar Keulen. Allebei mijn kinderen willen het dit jaar graag met mij vieren en je weet dat ik er niet veel voor voel om ze hier in dit krappe krot te moeten onderbrengen.'

'Wilt u die lange reis weer ondernemen?' Rond de kerst reisde de oude vrouw – ondanks haar gezwollen benen en de kortademigheid waarvan ze bij lange reizen last kreeg – het land door naar haar kinderen en kleinkinderen.

'Natuurlijk! En als altijd weer met de trein!'

'En uw benen dan?'

'Wat kan daar nou mee gebeuren, die krijgen rust tijdens de reis. En de trein brengt me overal naartoe. Meestal zijn de mensen ook heel attent en helpen me bij het in- en uitstappen. Dat is de geest van Kerstmis, die stemt de harten van de mensen mild.'

Dat betwijfelde Anna. De geest van Kerstmis maakte de mensen hoogstens gehaast. Ze achtte het waarschijnlijker dat de mensen op het station de charmes van het lieve oude dametje niet konden weerstaan – of doodgewoon een beetje goed karma wilden krijgen.

Bijna voelde Anna de verleiding zich als begeleidster bij de reis aan te bieden. Maar dat leek haar te opdringerig. Nee, ze zou de feestdagen wel ergens doorbrengen. Al was het op Mallorca.

'Overigens zou ik het fijn vinden als je op de drieëntwintigste 's ochtends nog op bezoek kwam. Ik heb een cadeau voor je.'

'Een cadeau? Voor mij? Maar dat is toch niet nodig?'

Natuurlijk gaven ze elkaar vlak voor de kerst altijd een kleinigheid, mevrouw Hallmann had meestal een zakje met een chocoladekerstman en andere zoetigheid voor haar, en Anna kocht een doosje rumbonen, waarvoor de oude dame alle andere lekkernijen links liet liggen. Maar een echt cadeau!

'Ja, ik vind wel dat dat nodig is. Iedereen heeft behoefte aan waardering voor wat hij doet, en jij helpt me nu al twee jaar zo goed dat ik erop sta je iets te geven waarvan ik denk dat je er blij mee zult zijn.'

Wat zou dat kunnen zijn? Anna begon nieuwsgierig te worden. Mevrouw Hallmann leek het te merken, want er gleed een glimlachje over haar gezicht.

'En kom niet op het idee mij meer dan bonbons te geven. Ik kan in mijn huis geen snuisterijen gebruiken, die zal ik al genoeg van mijn familie krijgen.' Ze zuchtte theatraal, toen voegde ze eraan toe: 'Weet je, in zekere zin kan ik begrijpen dat je niet van Kerstmis houdt. Hoe vaak denk je dat ik tijdens de feestdagen net moet doen alsof ik alle cadeaus van mijn kinderen en kleinkinderen leuk vind?'

'Maar u krijgt toch vast mooie cadeaus?'

'Poeh, wie dat gelooft mag zich gelukkig prijzen,' flapte de oude vrouw eruit. 'Snel in elkaar geflanste verftekeningen, lelijke porseleinen beeldjes, speelklokken, sieraden die ik nog niet zou dragen als ik honderd was. En gebreide vesten! Ik weet niet hoeveel vesten ik al gekregen heb. Het ergste is echter als ze met keukenspullen aan komen zetten. Ik krijg liever een mp3-speler of zo'n modern e-bookding. Een paar dames uit mijn seniorengroep hebben er een en toen ik zag dat je de letters kunt vergroten, wilde ik er beslist ook een. Maar als ik daarmee aankom bij mijn kinderen, glimlachen ze alleen maar. Waarschijnlijk denken ze dat ik er niet mee om kan gaan. Of erger nog, dat voor mij zo'n uitgave niet meer loont.'

'Als u een e-reader wilt hebben, kan ik u er met alle plezier een bezorgen. Inmiddels zijn er veel handige uitvoeringen, die helemaal niet zo duur zijn.'

'Dat geloof ik graag, Anna, en als ik er dit jaar weer geen krijg, zal ik je vragen er een voor me te kopen. Want wat die ouwe Paschulke kan, kan ik allang. Maar daar was het me niet om te doen, alleen dat ik het beu ben met de kerst altijd de brave oma te spelen die overal blij mee is. Misschien moet ik dit jaar maar eens wat meer geld over de balk smijten, wat vind jij?'

'Probeert u het gewoon maar eens. Of u dreigt uw kinderen dat u een lange dure cruise gaat maken als ze geen rekening houden met uw wensen.'

Mevrouw Hallmann begon te lachen. 'Ja, dan zouden ze behoorlijk schrikken, hè? Maar als het erop aankomt kan ik dat niet over mijn hart verkrijgen. Het is toch mijn familie, en ik was vroeger ook bepaald niet volmaakt. Dus zal ik blij zijn met de snuisterijen en de tekeningen, want ik houd van mijn kinderen en kleinkinderen en wil ze in geen geval kwetsen.'

Die woorden zetten Anna aan het denken. Kwetste zij haar familie misschien ook door met Kerstmis weg te blijven? Nee, beantwoordde ze zelf haar vraag meteen, heel beslist niet. Ze zijn blij dat ik er niet ben om de rust tijdens de kerst te verstoren. En mama heeft tot nog toe niet eens geprobeerd me ervan af te brengen rond de kerst op reis te gaan, dus zoek ik ook dit jaar de zon op. Het nieuwe jaar komt vanzelf, met of zonder dennenboom.

2

‘Nu hoort u drie hits achter elkaar, en we beginnen met Whams superkersthit: “Last Christmas”...’

Gefrustreerd zette Anna de radio uit voor de eerste maten over haar konden losbarsten, en vroeg zich af of het zou helpen om de radiozender te bellen. Kunnen jullie dat vreselijke lied niet gewoon weglaten? Naar haar gevoel draaiden ze het elke advent minstens duizend keer, bij elke presentator- en programmawisseling meerdere malen.

Zin om een cd op te zetten had Anna ook niet dus ging ze achter haar computer zitten, waarop het Wordprogramma het nogal magere begin van een tekst liet zien die ze voor professor Winkelstein moest schrijven.

‘Een wintersprookje’ was het onderwerp, geïnspireerd door het stuk van Shakespeare – zonder het middeleeuwse drama dan, maar met een verhaal uit haar eigen leven. Alsof je een sprookje zelf kon beleven! Maar wie had het lef met professor Winkelstein in discussie te gaan?

Op een of andere manier had ze het gevoel dat ze weer op school zat en over haar mooiste vakantie-ervaring moest schrijven. Maar afgezien van het feit dat ze aan de winter nauwelijks iets sprookjesachtigs kon ontfutselen, zou de professor beslist geen genoegen nemen met een kinderlijk naïeve tekst. Nee, hij zou iets geniaals verwachten, zoals Heine of Shakespeare het zou schrijven. Maar zij was nu eenmaal Anna Wagner en stond ver af van grote schrijvers.

Misschien lag het aan al dat kerstgedoe dat ze vandaag nog minder inspiratie had dan anders. Zelfs het studentenhuis was er niet van verschoond gebleven. Toen ze terugkwam van mevrouw Hallmann, had ze een dennenboompje in de hal aangetroffen. En iemand had in de gemeenschappelijke keuken kerstkransjes gebakken – of beter gezegd, verbrand, want ze kon zich niet voorstellen dat er tegenwoordig recepten waren voor koekjes met de smaak van verschroeide sokken.

Omdat ze er zeker van was dat ze geen geniale ingeving meer zou krijgen, klikte ze op haar browser en zocht naar lastminuteaanbiedingen die ze zich kon permitteren.

Ze had er geen verklaring voor dat ze die winter zo krap bij kas zat. De afgelopen jaren had ze altijd wat meer geld ter beschikking gehad. Maar waarschijnlijk kwam het doordat ze dit jaar niet veel geluk had gehad met studentenbaantjes. Bovendien was het semester nogal enerverend geweest: ze wilde over een half jaar eindelijk haar bachelorsgraad halen en had meer colleges moeten volgen. Daardoor bleef er alleen maar tijd over voor mevrouw Hallmann, van wie ze hooguit wat zakgeld accepteerde. Er klonk PLING, wat betekende dat er een e-mail was binnengekomen. Eerst wilde Anna het negeren, want op haar beeldscherm verscheen net een zonnig zandstrand met zeegroen water. MALLORCA LAST MINUTE SLECHTS 99 EURO, prees een knalrode reclame aan.

Maar de nieuwsgierigheid won. Misschien was het haar vriendin Paula? Die was bezig met haar zesde semester medicijnen in Halle, woonde aan de rand van de stad en was de kerstgedachte in eigen persoon – wat geen afbreuk deed aan hun vriendschap. Ze gingen bijna elk weekend naar elkaar toe, tenzij een van hen op een referaat zat te zwoegen.

Nog geen seconde later had Anna er spijt van dat ze op het mailprogramma had geklikt. Ze kreeg de schrik van haar leven toen ze de afzender en het onderwerp zag.

Eerst wilde ze de mail niet eens openen, maar toen vermande ze zich. Hoe erg kon het nou zijn?

Van: Conny Dressler
Aan: Anna Wagner
Onderwerp: Kom je?

Lieve Anna,

Mama vond het goed dat ik haar mailadres gebruik, daarom schrijf ik je nu maar vlug. Hoe gaat het met je? Met mij gaat het goed. Stel je voor, mevrouw Traunstein heeft me een negen gegeven voor de laatste wiskundetoets. Dat wou ik je eigenlijk in mijn volgende brief schrijven, maar mama vond dat het beter was dat ik het mailde.
Maar ik wou eigenlijk iets anders vragen. Kom je dit jaar met Kerstmis naar ons toe? Mama zei dat je vast weer weg zult gaan, maar daar heb je me nog niets over geschreven, daarom vraag ik het nu maar. Kom je? Daar zou ik heel blij om zijn, want we hebben elkaar al bijna een half jaar niet meer gezien.
Verschrikkelijk dikke knuffel Jonathan

P.S. Dit jaar vraag ik een sprookjesboek aan de Kerstman...

Anna zat als versteend voor haar beeldscherm te kijken naar het sneeuwpoppetje met de oranje neus dat de mail opsierde, een van de kerstachtergronden van het mailprogramma. Maar het was niet het bolle poppetje met zijn wortelneus dat haar irriteerde. Haar kleine broertje vroeg haar de kerstdagen bij hem, hun moeder en hun stiefvader te komen doorbrengen! Dat was eerder nog niet voorgekomen. Een boosaardige verdenking kwam in haar op. Spande haar moeder hem voor haar karretje? Had zij de mail misschien geschreven en zich als haar broertje voorgedaan?

Nadat ze van de eerste schrik bekomen was, trok ze de la van haar bureau open. Ze mocht dan wel nauwelijks contact met haar moeder hebben, haar kleine broertje, dat dat jaar negen was geworden, schreef haar sinds twee jaar bijna elke week een korte brief, waarin hij verslag deed van wat hij meemaakte. Inmiddels had ze al hele schoenendozen vol met zijn brieven, die ze zorgzaam in haar kledingkast opborg en standvastig voor alle gesnuffel van bezoek behoedde. De recentste en mooiste brieven bewaarde ze in haar bureaula, om ze te lezen wanneer ze zich rot voelde.

De laatste keer dat ze Jonathan en de rest van de familie had gezien was alweer een half jaar geleden, zoals een blik in haar agenda bevestigde. Op 19 juni was ze vanwege zijn verjaardag bij haar familie geweest. Drie dagen had ze het uit weten te houden, daarna was ze gevlucht.

Op het eerste gezicht zou je kunnen denken dat het kleinigheden waren die haar verblijf daar hadden bedorven. Haar moeder had natuurlijk moeite gedaan om haar wat langer te laten blijven, maar toen waren de vragen gekomen: Wat wil je na je studie gaan doen? Heb je een vriendje? Had je niet beter in Berlijn kunnen gaan studeren? Enzovoort enzovoort.

Haar stiefvader had het klaargespeeld van dat soort simpele vragen een gewetenskwestie te maken. Omdat hij in haar ogen de laatste was die zich met haar opvoeding mocht bemoeien– ze werd binnenkort tweeëntwintig –, had ze geïrriteerd haar spullen gepakt en zich uit de voeten gemaakt.

En nu kwam deze mail...

Ze haalde de laatste brief die haar broertje in zijn kinderlijke handschrift had geschreven tevoorschijn. Morgen zou er vast een nieuwe zijn gekomen.

Had Jonathan die mail echt zelf en uit eigen initiatief geschreven?

Ze stelde zich voor hoe het jongetje met zijn warrige haardos haar moeder aan haar hoofd had gezeurd om op haar computer te mogen. Dat beeld greep haar erg aan, en dan was er ook nog zijn vraag om een sprookjesboek.

Waarschijnlijk vond Gerd, haar stiefvader, dat de jongen geen sprookjesboek moest krijgen maar iets voor echte jongens, een auto of een bouwdoos. In elk geval niets cultureels, en al helemaal geen leesboek, daar zou hij maar verwijfd van raken...

Anna haalde diep adem om een beginnende innerlijke haattirade tegen haar stiefvader te onderdrukken. Dat hij niets met boeken had, was een van de redenen dat ze het niet zo best met hem kon vinden.

Oké, misschien is die mail echt van Jonathan, zei ze bij zichzelf. En als hij wel van haar moeder was, wat maakte dat uit? Ongeacht wie haar nou had uitgenodigd, ze zou Jonathan een plezier doen.

Misschien moet ik daarom wel gaan, bedacht Anna weerbarstig. Dan krijgt Jonathan zijn sprookjesboek en kan Gerd zich doodergeren dat het kind zich drie dagen eens niet als een echte jongen gedraagt. Ik zou hem kunnen voorlezen en we zouden een sprookjesboekhut kunnen bouwen waarin we ons voor de wereld verstoppen...

Anna stelde zich voor hoe zijn ogen zouden oplichten bij

dat voorstel. In de brieven die ze de laatste twee jaar met Kerstmis had gekregen, had altijd een beetje droefheid doorgeklonken omdat ze niet kon komen.

Goed dan, voor mijn part, dacht ze terwijl ze op 'antwoorden' klikte, ook de kerstdagen gaan weer voorbij. Als het vervelend is, taai ik gewoon eerder af en dan komt het weer in orde.

Van: Anna Wagner
Aan: Conny Dressler
RE: Kom je?

Lieve Jonathan,

Met mij gaat het goed. Hier in Leipzig is het behoorlijk koud en ik heb het momenteel heel druk. Ik moet weer eens een verhaal schrijven, en om eerlijk te zijn weet ik nog niet waar het over moet gaan. Dit jaar ga ik niet weg met Kerstmis, wat betekent: Ja, ik kom naar je toe! Maar van tevoren zal ik de Kerstman overhalen om je een sprookjesboek te geven. Het mag niet zo zijn dat hij er geen komt brengen! Toevallig woont hij ergens in het Ertsgebergte, dus vlakbij. Ik ga hem bellen.

De rest vertel ik je wel wanneer ik kom. Misschien kun je me een beetje helpen bij het schrijven van mijn verhaal. Heb je een goed idee?

Dikke knuffel,
Anna

PS Doe mama de hartelijke groeten van me!

Anna zuchtte en klikte op 'verzenden'. Het bericht werd tot een envelop opgevouwen en verdween in de ether. Nu was er geen weg terug meer! Dat idee lag Anna enigszins zwaar op de maag, maar toen haar blik op Jonathans brieven viel en op zijn foto, die ze op haar bureau had staan, begon er zich iets in haar te roeren. Het was alsof er ergens een deurtje openging. Ze verheugde zich op haar kleine broertje, zijn stralende ogen en zijn geschater! Als Gerd weer stom tegen haar deed, kon ze zich daaraan vastklampen!

Ze klikte dus de foto van Mallorca weg en riep de site van de spoorwegen op. Ze wilde niet al te vroeg in Berlijn verschijnen en de reis mocht ook niet veel kosten. Voor ze een geschikte reis had gevonden klonk er weer PLING! Was dat het antwoord van Jonathan al? Hield hij soms voor het beeldscherm de wacht?

Anna keek op haar horloge: vijf voor acht. Om acht uur was het bedtijd, als er tenminste intussen niets was veranderd. Ze opende de mail, maar in plaats van de kerstachtergrond zag ze een groene vlakte.

Van: Paula Michel
Aan: Anna Wagner
Onderwerp: Binnenkort is het Kerstmis, Grinch!

Hi Anna,
Heb je misschien zin om voor de kerst nog een keer naar mij toe te komen? Dit jaar zit een gezamenlijke reis er helaas niet in, familieomstandigheden, je weet wel. Maar ik wil je toch nog wel een keer zien, kun je komen? Ik bak gegarandeerd kerstvrije taart voor ons!

Knuffel,
Paula

Anna glimlachte breed in zichzelf. Ze had toch al naar Paula toe willen gaan, omdat ze wist dat die rond de feestdagen door haar familie in beslag werd genomen. Ze tikte vlug een antwoord, hield halverwege op en bedacht dat ze wanneer ze naar Berlijn ging, een omweg naar Halle kon maken.

Dus weifelde ze niet langer en schreef Paula dat ze op de drieëntwintigste even aan zou komen wippen voor ze naar Berlijn verdween.

In de tussentijd kreeg ze weer een mailtje.

Van: Conny Dressler
Aan: Anna Wagner
RE: Kom je?

Lieve Anna,

Het is zoooo cool! Ik verheug me er heel erg op dat je komt! Papa zei al dat je het niet zou doen, maar ik wist dat je zou komen! Laat de Kerstman weten van het boek, Matti heeft er ook een gekregen, met heel mooie plaatjes.
En dat verhaal, schrijf maar iets over robots! Ik kan je vertellen wat die allemaal doen. Je pofressor zal dat vast leuk vinden, want iedereen vindt robots leuk! Ik moet je ook de hartelijke groeten doen van mama, ze verheugt zich er ook op. Zeg je nog wanneer je komt? Dan kan ik alvast beginnen met het opruimen van mijn kamer.

Een dikke kus van
Jonathan

Natuurlijk had Gerd weer aan haar getwijfeld. Anna wilde zich alweer opwinden over haar stiefvader, maar ze begon te lachen toen ze het woord 'pofressor' las. Dat was beslist geen typfout, Jonathan vond het leuk hem zo te noemen. Aanvankelijk omdat hij dat moeilijke woord niet kon uitspreken, maar inmiddels had hij plezier in de nieuwe betekenis die de verdraaiing eraan gaf, en soms, wanneer hij bijzonder uitgelaten was, werd de pofressor een po-vreter, waardoor Jonathan krom lag van het lachen.

Als Anna eerlijk was, vond ze het ook heel grappig, en de gedachte daaraan hielp haar wanneer Winkelstein haar weer eens terechtwees omdat de opbouw van een alinea hem niet beviel.

Dat Jonathan zijn kamer wilde opruimen was ook niet ongebruikelijk, dat deed hij altijd voor een feestdag – in elk geval nu nog. Toen zij dezelfde leeftijd had, had haar kamer er ook altijd tiptop uitgezien wanneer er bezoek kwam.

Maar ze kon nog steeds niet het gevoel van zich afzetten dat haar moeder naast Jonathan zat en meelas. En dat zij de eigenlijke reden voor de mailwisseling was. Misschien moest Anna een eigen mailadres voor hem aanmaken? Een waar hij alleen zelf bij kon? Hij was daar nog wel wat jong voor, maar hij werd algauw tien, en hadden kinderen op die leeftijd niet al allemaal een eigen mailadres?

Van: Anna Wegner
Aan: Conny Dressler
RE: Kom je?

Lieve Jonathan,

Ik ga zeker een verhaal over robots schrijven, dat kunnen we met de kerst wel samen doen, denk je niet? En ik heb ook net bedacht dat we een sprookjeskasteel kunnen bouwen. Met ro-

bots en alles erop en eraan. Ik verheug me daar al erg op, binnenkort is het zover.
Ik kom de drieëntwintigste rond acht uur 's avonds naar jullie toe, als de trein niet al te veel vertraging heeft.
Maar nu moet je gauw naar bed, vanaf nu is het nog maar vijf nachtjes slapen, en dan komt de Kerstman.

Een dikke kus van
Anna

Nadat ze het intussen aangekomen korte antwoord van Paula ook nog had gelezen, zette ze de computer uit en ging op haar bed liggen. Ze kon eigenlijk niet geloven dat ze dit jaar echt aan de kerstdrukte zou gaan meedoen! Maar Gerd een plezier doen door niet te komen wilde ze in geen geval. Ze zou Kerstmis vieren met Jonathan, op een of andere manier, en misschien zelfs leuker dan in de jaren die ze zich niet graag herinnerde.

3

Met de toezegging dat ze met Kerstmis in Berlijn zou zijn had Anna zich echter wel een probleem op de hals gehaald: ze moest kerstcadeaus kopen. Lastminuteaankopen in plaats van een lastminutevakantie. Tot nog toe had ze altijd cadeaubonnen met kleine bedragen aan haar familie gestuurd, maar dat zou bij persoonlijk verschijnen niet afdoende zijn. Bovendien zou ze geconfronteerd worden met de reacties van haar familieleden. Wat Gerd betreft kon het haar niet schelen, bij haar moeder was dat al minder, en Jonathan liet haar al helemaal niet onverschillig.

Dus pakte ze zich de volgende morgen stevig in met winterjas, sjaal en laarzen en stapte ferm naar de tram. Zo erg kon het kopen van kerstcadeaus toch niet zijn? De waarschuwende beelden uit vroeger tijden schoof ze opzij en ze negeerde ook het slechte humeur dat andere kooplustigen bij de halte uitstraalden.

Terwijl de tram het centrum van Leipzig binnensukkelde, herinnerde Anna zich hoe graag ze vroeger met haar moeder kerstinkopen had gedaan. Haar moeder had altijd gedaan alsof ze het stuk zeep of het sjaaltje dat Anna 'stiekem' van haar zakgeld kocht, niet zag.

Toen was haar echte vader er nog geweest, Thomas, die er later gewoon vandoor was gegaan en hen tweeën had laten zitten. Zijn verdwijning had Anna erg geraakt, en met haar moeders nieuwe man, Gerd, was het allemaal anders en op een of andere manier erger geworden. Jonathan kwam ter wereld, en ineens draaide alles om hem. Alleen wanneer ze kritiek op haar konden uitoefenen, kwam Anna weer bij haar moeder en Gerd in beeld.

Maar dat verdrong Anna toen de tram stopte en de kooplustigen uitspuugde.

Natuurlijk, daar was het weer, de kerstmuziek. Die nam Anna meteen te pakken, trok aan haar oren en probeerde haar naar de kerstmarkt te lokken. Anna liep haastig naar het warenhuis. Vlak ervoor bleef ze staan en keek omhoog naar het gebouw, dat van boven tot onder met glinsterende decoraties was versierd. Voor haar kon zelfs een mensenetend monster er niet bedreigender uitzien. En vormden de lichtgevende ramen en de getande mond van de deur geen grimas die al van verre onheil voorspelde?

'Blijf daar toch niet zo staan!' blafte een oudere man tegen haar omdat hij zich genoodzaakt zag om haar heen te lopen.

Aha, daar was-ie weer, de vredige kerststemming. Zelfs bejaarden hadden geen tijd voor een beetje bezinning.

Anna haalde diep adem, toen stapte ze naar voren en liep heldhaftig door het deurkeelgat, waar ze direct na het passeren van de warmtesluis werd overvallen door het zware geurenmengsel van de parfumerieafdeling, die zich ergens achter de tassen en schrijfwaren bevond.

Door haar gebrek aan ideeën ontpopte het inkoopuitje zich tot dat waar Anna voor gevreesd had: zenuwslopend tot de derde macht. Overal renden mensen met verbeten gezicht rond, maakten ruzie om de aanbiedingen, legden dingen in hun winkelmandje die ze zelf nooit cadeau zouden willen krijgen. O heerlijke kersttijd!

Met een mengeling van vertwijfeling en lusteloosheid slenterde Anna om de stellingen heen. Daarbij klonk in haar oren wat mevrouw Hallmann had gezegd. Snuisterijen, verftekeningen, gebreide vesten...

Toen ze een gezin gadesloeg dat een bijzonder lelijke koekoeksklok liet inpakken, vroeg ze zich af of de ontvanger net als mevrouw Hallmann bij dat cadeau een blij gezicht zou opzetten.

Al die mensen deden net of ze hun familie goed kenden, ze zagen elkaar regelmatig bij het barbecuen of andere feestelijkheden, maar blijkbaar leken ze nog niet te weten wat hun dierbaren wilden. Of was het toch zo dat – wat Anna zich niet kon voorstellen – iemand een porseleinen beeldje of een koekoeksklok wilde hebben?

Ook al had ze de laatste twee jaar niet bepaald veel contact met haar moeder gehad, Anna wist dat ze niet blij zou zijn met zoiets.

Bij de parfumerieafdeling aangekomen moest ze weer denken aan de zeep die ze als kind aan haar moeder had gegeven. Van welke geur hield ze het meest? Rozen? Lavendel? Ietwat beschaamd constateerde ze dat ze niet met zekerheid kon zeggen wat haar moeders favoriete geuren waren. Voor haar verjaardag gaf ze haar bloemen, maar ze kon niet zeggen aan welk parfum ze momenteel de voorkeur gaf. Daardoor had het ook geen zin naar deze afdeling te gaan.

Gelukkig wist ze bij de parfumerieafdeling weg te komen voor een verkoopster haar ontreddering opmerkte en kwam aansnellen om haar te adviseren. De vrouwen in hun mintkleurige blazers hadden er hun handen aan vol parfums die hun door enigszins geënerveerd rondkijkende mannen werden aangereikt smaakvol in te pakken.

In de boekhandel buiten het warenhuis viel de keuze Anna al heel wat lichter. Ze vond bijna meteen een mooi sprookjesboek voor Jonathan, en ze besloot voor haar moeder een detective en voor Gerd een klusboek te kopen. Of hij er blij mee zou zijn interesseerde haar niet, en bij haar moeder zou het net zo gaan als bij mevrouw Hallmann. Als het boek haar niet beviel, zou ze het beslist niet zeggen. Maar Anna betrapte zichzelf op de gedachte dat ze voor haar moeders cadeau geen gehuichel wilde scoren. Nee, ze wilde dat het haar moeder echt beviel.

Dus nam ze de tijd om te kiezen, pakte boeken op, woog ze, streek over de band en sloeg ze daarna open. Ze negeerde dat er handen langs haar heen reikten om een boek van een van de tafels te pakken, dat mensen achter haar snoven van ongeduld of tegen haar op liepen omdat ze op weg naar de kassa blind waren voor alles om hen heen.

Redelijk tevreden met haar keuze sloot ze zich ten slotte aan bij de rij, die de verkoopsters zo vlug mogelijk probeerden af te werken – niet zonder een of andere klacht of knorrig commentaar te oogsten. Waarom doen de mensen toch eigenlijk zo, vroeg Anna zich daarbij af. December zou toch een tijd van bezinning moeten zijn.

Het antwoord was simpel. Waarschijnlijk hebben ze net zo'n afschuw van Kerstmis als ik, dacht Anna. Maar omdat ze niet durven toe te geven dat het hele kerstgebeuren hun op de zenuwen werkt, koelen ze hun woede op de verkoopsters en andere mensen en hopen ze dat de dagen vlug voorbijgaan.

In elk geval kon ze nadat ze haar boeken betaald had en de inpakservice had afgeslagen, aan de kerstdrukte ontsnappen.

Bij de winkel op de hoek in haar woonwijk kocht ze ten slotte nog de rumbonen voor mevrouw Hallmann, waarna ze zich eindelijk weer in haar huis kon terugtrekken.

Thuisgekomen maakte Anna koffie voor zichzelf, pakte een paar vanillewafels uit de voorraadkast en was daarna bijna een half uur met het cadeaupapier in de weer.

Toen ze uiteindelijk klaar was, constateerde ze dat ze hoe dan ook geen talent voor het inpakken van cadeaus had. Terwijl anderen prachtige creaties met papier en lint maakten zagen haar cadeaus er in het beste geval middelmatig uit. Sinds haar kindertijd en haar vroege jeugd waren haar vaardigheden in dat opzicht niet verbeterd.

Maar wat maakt het uit, zei ze ten slotte tegen zichzelf. Gerd zal me toch alleen maar in mijn oren willen knopen dat ik iets fatsoenlijks moet gaan studeren en mama zal zich op zeker moment in dezelfde bewoordingen uitlaten. Alleen Jonathan zal het niets kunnen schelen hoe het cadeau verpakt is, want gelukkig denkt hij nog niet als een volwassene. Hij zal beslist blij zijn met zijn boek.

Toen ze klaar was, ging ze op bed naar het plafond liggen staren. Er kwamen allerlei twijfels binnensluipen. Misschien had ik toch nee moeten zeggen. Er krampte iets in haar maag, ze kon niet precies zeggen waardoor dat nare gevoel werd veroorzaakt. Maar Jonathan kon en wilde ze niet teleurstellen. Hem niet.

4

Zuchtend keek Anna naar haar rolkoffer, waaraan inmiddels alle gemaakte reizen wel waren af te zien. Maar hoewel hij al een paar keer gerepareerd was, dacht ze er niet over hem te vervangen, want elke beschadiging die hij had opgelopen was een herinnering aan een reis.

Het steunvoetje rechts was op de lopende band op het vliegveld van Leipzig afgebroken. Het afgebroken oogje van de ritssluiting, dat was vervangen door een kleurig lintje, herinnerde aan Tenerife twee jaar geleden. En in Antalya was de koffer aan de zijkant een beetje opengebarsten, wat ze met grove steken provisorisch had verholpen.

Vroeg of laat zou ze een nieuwe trolley nodig hebben, maar dat moment stelde Anna telkens weer uit, want ze had het idee een oude vriend te verraden als ze hem in de afvalcontainer gooide.

Toen de tram kwam, haalde ze diep adem, pakte de koffer vast en stapte in zodra de deuren zacht sissend opengingen.

De tram was weer eens vol. Anna kon zich niet herinneren de laatste tijd anders te hebben meegemaakt. Mensen met lege ogen sjouwden met volle tassen, hun gedachten leken zich te verliezen in zelfopgelegde plichten.

Ze ging naast de deur staan en liet haar blik over de gezichten om haar heen gaan. Natuurlijk zagen ze er net zo verbeten uit als anders. Alleen een klein meisje aan de hand van een nogal nors kijkende vrouw lachte naar haar. Even zag Anna zichzelf in haar terug. Ja, toen was Kerstmis nog geweldig geweest. Maar had haar moeder er ooit zo uitgezien? Of had Anna het alleen niet gemerkt, omdat haar gedachten om de zo vurig gewenste Playmobil-indianen en de cowboysaloon hadden gedraaid?

De elektronische halteaankondiging haalde haar uit haar gedachten. De deuren gingen open en ze kwam alweer midden in de drukte.

Nog altijd jengelde er kerstmuziek in de straten, nog altijd hing de geur van braadworst boven de menigte, maar op een of andere manier was Anna vandaag wat geduldiger, wat mogelijk kwam door de omstandigheid dat er voor ze in Berlijn aankwam ook nog een bezoekje aan Paula en een lange treinreis in het verschiet lagen.

Toen ze het huis van mevrouw Hallmann binnenkwam, rook het naar kaneel. Blijkbaar had iemand een geurkaars aangestoken. Of misschien kaneelbroodjes gebakken? In elk geval had de kerst ook dit eiland bereikt en zou het de komende dagen totaal veranderen.

'Kindlief, je bent gekomen!' zei mevrouw Hallmann dolgelukkig toen ze opendeed. Had ze er dan aan getwijfeld?

'Ja, ik had het toch beloofd? Bovendien wilde ik u niet zonder rumbonen op reis laten gaan. U hebt ten slotte wat proviand nodig.'

Anna haalde het pakje, dat net als de andere allesbehalve professioneel was ingepakt, uit haar schoudertas.

'Dank je wel, dan hoef ik onderweg tenminste niet van de honger te sterven.'

De oude vrouw omhelsde haar en stapte opzij, zodat ze binnen kon komen.

In de hal struikelde Anna bijna over vier grote koffers die de gang op een nauwe doorgang na versperden.

'Lieve hemel, mevrouw Hallmann, hoe wilt u die allemaal meenemen?' vroeg ze ontsteld terwijl ze zich langs de verzamelde bagage wurmde.

De bejaarde dame, die haar mooie wandelstok met zilveren knop had klaargezet, lachte. 'Ik kruip gewoon in mijn superheldkostuum! En als dat niet werkt, vraag ik het iemand. Een aardige oude dame wil iedereen toch graag helpen?'

Anna kon voor zichzelf zeggen dat dat klopte, maar zouden andere mensen dat ook zo zien? Als ze zich de beelden van het warenhuis voor de geest haalde, betwijfelde ze het sterk.

'Nee, ik heb een taxi besteld en de chauffeur verzocht op het station alle bagage op een bagagekar te zetten. Maar ik wil je niet lang ophouden nu je op het punt staat op reis te gaan. Waar ga je deze keer naartoe? Weer naar het zonnige zuiden?'

Anna schudde haar hoofd. 'Nee, naar Berlijn.'

'Toch niet naar je ouders?' Mevrouw Hallmann speelde ontzetting. 'Je weet toch dat daar Kerstmis wordt gevierd, of niet soms?'

Anna lachte breeduit naar haar. 'Daar ben ik me van bewust, mevrouw Hallmann. Ik ga vanwege mijn broertje.'

'Er is hem toch niets overkomen?'

'Nee, maakt u zich niet ongerust, het gaat goed met Jonathan. Hij wilde alleen dat ik dit jaar Kerstmis met hem zou vieren. Daarom ga ik. Niet omdat ik nou zo dol op Kerstmis ben.'

Mevrouw Hallmann keek haar even aan, alsof ze dat betwijfelde, maar toen knikte ze. 'Nou, als het te erg wordt, kan mijn cadeau je misschien een beetje opvrolijken. Wacht, ik haal het even.'

'Wilt u me niet vertellen waar het ligt en nog even gaan zitten?' vroeg Anna bezorgd, want ze was ervan overtuigd dat de reis voor de oude vrouw erg inspannend zou worden.

'Het zou toch geen cadeau zijn als ik zou zeggen: nou, je moet het daarvandaan halen, of zo? Nee, nee dat lukt me nog wel.' Ze pakte haar wandelstok en verdween in de woonkamer.

Het halen van het cadeau duurde enige tijd, maar net toen Anna bezorgd wilde vragen of alles in orde was, verscheen mevrouw Hallmann weer. 'Hier, dit is voor jou.' Ze overhandigde haar een met zorg ingepakt pakket, waaraan je de inhoud duidelijk kon aflezen. Een boek. Een heel zwaar boek.

Zwaar betekende bij boeken meestal duur – en ineens schaamde Anna zich ervoor dat ze zich had gehouden aan mevrouw Hallmanns vermaning om haar alleen maar chocola te geven. Ze had toch op zijn minst een mooie sjaal of een paar oorbellen kunnen kopen. Met een pareltje eraan, die droeg mevrouw Hallmann het liefst.

'Maar u hoeft toch niet iets duurs voor mij te kopen,' zei ze terwijl ze aarzelde om het cadeau aan te nemen.

'Cadeaus hoef je soms niet te kopen,' zei de bejaarde vrouw en ze stak het haar opgewekt toe. Anna voelde zich nog steeds een beetje schuldig, maar omdat ze haar gastvrouw niet wilde beledigen, pakte ze het gehoorzaam aan. 'Kom mee naar de keuken, ik heb ook nog thee en taart voor je.'

'Maar wilt u niet zo weg?'

'De chauffeur komt me om half tien afhalen, het is nu tien over negen,' antwoordde mevrouw Hallmann na een blik op haar chique gouden horloge, dat ze bij bijzondere gelegenheden droeg. 'Ik denk dat we nog wel even tijd hebben voor een praatje en ik gooi de taart liever niet weg, dus kom mee. We zien elkaar immers pas weer in het nieuwe jaar.'

Anna liep achter mevrouw Hallmann aan en ging aan de keukentafel zitten, die al was gedekt. De thee geurde en de taart rook ook nog steeds heerlijk.

'Maak je pakje nou maar open,' zei de oude dame haast nog ongeduldiger dan Anna zelf was. 'Ik wil horen wat je ervan vindt.'

Toen ze het papier opensloeg, viel haar mond open van verbazing. Het was niet zomaar een boek, maar een heel oud sprookjesboek. Om precies te zijn mevrouw Hallmanns oeroude sprookjesboek, dat Anna al bij haar eerste bezoek had staan bewonderen. Het was afkomstig uit het jaar 1895 en de tekst was voorzien van prachtige illustraties. Tussen alle andere boeken viel het meteen op.

'Dat kunt u niet maken!' reageerde Anna verschrikt. 'Dat is toch uw oude sprookjesboek! Waaruit uw moeder al werd voorgelezen. Dat is... veel te waardevol!'

'Wat heet nou waardevol... Waarschijnlijk ben jij de enige die het weet te waarderen. Mijn kinderen noch mijn kleinkinderen hebben ooit veel om boeken gegeven. In het begin las ik hun nog verhaaltjes voor, maar na verloop van tijd kwamen er andere dingen in hun leven die belangrijker werden. Boeken zijn jouw leven, je bestudeert ze, stapelt ze onder je bed op als je in de boekenkast niet genoeg plaats hebt, en met een beetje geluk zul je ze ooit zelf schrijven en uitgeven. Als je zelf ooit kleinkinderen hebt, kun je hun dit sprookjesboek laten zien en over mij vertellen. Zou dat niet fantastisch zijn?'

De tranen schoten Anna in de ogen. Ja, het zou fantastisch zijn om dit boek in haar bezit te hebben. Maar mevrouw Hallmanns woorden klonken gewoonweg verschrikkelijk, want ze betekenden niet anders dan dat zij, wanneer Anna het boek aan haar kleinkinderen kon laten zien, allang dood was.

'Nou, nou, wie moet er nu huilen?' De bejaarde vrouw gaf haar een stukje van de keukenrol aan. 'Zo geweldig is dat ouwe ding nou ook weer niet. Kijk hier eens, vochtplekken, en hier hebben de muizen eraan geknabbeld.' Ze wees op een plekje op de rug, dat er inderdaad wat afgeknabbeld uitzag, maar waarschijnlijk niet door een erg hongerige muis.

'Het is prachtig!' wierp Anna tegen, terwijl de tranen over haar wangen biggelden. 'Maar het gaat toch wel goed met u? Ik bedoel, u geeft het me toch niet omdat...'

'Waarom zou het slecht met me gaan?' antwoordde mevrouw Hallmann enigszins verwonderd. 'Maak je niet ongerust, het is geen afscheidscadeau. Ik ga er helemaal van uit dat ik het nieuwe jaar levend haal – het is alleen mogelijk dat ik me met al dat vette eten een galaanval op de hals haal, maar ook dat krijgt me niet klein! Ik heb wel erger meegemaakt.'

Nu lachte Anna weer en ze frommelde het inpakpapier in elkaar. 'Heel erg bedankt, dit is het mooiste cadeau dat ik ooit heb gekregen.'

'Wacht nou eerst maar eens af tot je thuis bent. Ik weet zeker dat je ouders en je broertje ook een cadeau voor je hebben, misschien wel een dat dit oude boek ver in de schaduw stelt.'

Anna schudde haar hoofd. 'Dat denk ik niet. En eerlijk gezegd weet ik niet hoe ik de feestdagen moet doorkomen. Met Jonathan zal het net als altijd fijn zijn, maar verder...'

'Dat moet je niet zeggen. Soms gebeuren er met Kerstmis wonderen, en als je iets wilt, lukt het ook. Houd gewoon je armen wijd, verwelkom het kerstfeest en je familie, de rest gaat vanzelf. En als je ouders niet aardig voor je zijn, wees jij dan gewoon aardig voor hen en laat zien hoe dat gaat. En als dat niet helpt, heb je nog altijd je broertje. De liefde van een kind is het kostbaarste wat je kunt krijgen. Dat is ook de reden dat ik met al die koffers ga sjouwen. De meeste cadeaus daarin zijn voor mijn kleinkinderen. Volwassenen kunnen blijdschap voorwenden, maar kinderen zijn oprecht blij – of niet, maar dan weet je tenminste dat je ernaast zat. Misschien zou het ons allemaal goeddoen om weer een beetje het kind in onszelf te ontdekken.'

Voor Anna daar iets op kon zeggen, klonk er beneden getoeter.

'Ah, daar is de taxi. Dan kan ik maar beter naar beneden gaan, anders vertrekt de trein nog zonder mij.'

Vlug ruimde Anna de kopjes en bordjes weg, toen bracht ze mevrouw Hallmanns eerste koffer naar beneden. Halverwege kwam ze de taxichauffeur tegen, die breeduit naar haar lachte.

'Uw grootmoeder zit zeker al op me te wachten, hè?'

'Ik ben niet de kleindochter van mevrouw Hallmann,' liet ze hem weten, en ze voegde eraan toe: 'Maar u hebt gelijk, ze zit al op u te wachten. En wees gewaarschuwd, want boven staan nog drie grote koffers voor u.'

'Dat weet ik!' antwoordde de chauffeur lachend. 'Het is elk jaar hetzelfde, maar zonder dit ritje zou er voor mij echt iets ontbreken!'

Daarop liep hij door, en Anna was ervan overtuigd dat zijn vriendelijkheid niet op Kerstmis terug te voeren was, maar op het feit dat hij de oude vrouw graag mocht.

Tien minuten later stonden ze alle drie beneden voor het huis, bespied door een buurvrouw die zich achter het gordijn verstopte om liefst ongezien toch vooral niets van het gebeuren op straat te hoeven missen.

'Nou, nu rest ons niets dan elkaar gedag te zeggen en een

fijn feest toe te wensen,' zei mevrouw Hallmann terwijl de taxichauffeur de laatste bagage op de achterbank tilde.

Anna knikte zuchtend, toen omhelsde ze de bejaarde dame. 'Pas goed op uzelf en heb een mooi feest. En kom weer heelhuids terug.'

'En maak jij maar een beetje plezier! De stad zit vol jonge mannen die het leuk zouden vinden wat tijd met jou door te brengen, kindje.'

'Daar hebben we het toch al over gehad!' antwoordde Anna lachend. 'Ik wil eerst mijn studie afmaken en dan ga ik eens aan een relatie denken.'

'Wacht daar alleen niet te lang mee. Goede mannen zijn voor je het weet vergeven, en meestal krijgen ze degenen die op tijd toehappen, hoewel die dat helemaal niet verdienen. Wees niet dom wanneer er zich een gelegenheid voordoet. Een man kan je misschien van je studie afleiden, maar de liefde kan je ook inspireren als ze echt en diepgaand is. Zo'n dosis energie moet je in geen geval afwijzen. En als het spaak loopt, kun je er altijd nog een mooie roman over schrijven.'

Anna lachte en hielp mevrouw Hallmann toen met instappen. Terwijl ze op het trottoir stond te zwaaien, merkte ze dat de eerste sneeuwvlokken op haar gezicht vielen.

Verrukt keek ze op naar de grijze hemel. Sneeuw dwarrelde omlaag. Heel zachtjes zweefden de fijne kristallen op haar huid neer en smolten daar.

Maar toen werd de betovering van de stilte ruw verstoord doordat er een kerstlied begon te blèren. De kerstmarkt was begonnen! De geur van glühwein trok al door de straten, en Anna was blij toen ze nog op tijd bij de tram was die haar naar het station zou brengen.

5

Ook op het station ontkwam Anna niet aan de kerststemming. Grote reclameposters brachten de mensen het onderhuidse dreigement over om zich toch vooral niet zonder cadeaus bij hun familie te vertonen – of het nu ging om parfum of lingerie.

Maar hier was er geen glühwein of muziek. In plaats daarvan zoemden er aankondigingen door de hallen. Die en die trein komt binnen, reizigers naar daar en daar wordt verzocht in te stappen. Wees voorzichtig bij de rand van het perron.

Anna deed geen moeite de wirwar van woorden te ontcijferen, haar blik dwaalde naar het aankondigingsbord. De s-Bahn naar Halle ging over tien minuten. Anna was heel blij geweest met Paula's voorstel naar haar toe te komen. In haar woonkamer zitten, thee met haar leuten en kletsen zou haar batterij hopelijk genoeg opladen om de dagen daarna uit te kunnen houden.

Op het perron betrapte ze zich erop dat ze de jonge mannen die net als zij stonden te wachten begon te keuren. Hoofdschuddend keek ze weer voor zich. Nog afgezien van het feit dat er hier op het eerste gezicht niets te zien viel wat haar interesseerde, zei ze tegen zichzelf dat het geen zin had nu aan een relatie te beginnen. Ze wilde niet zo zijn als sommigen van haar medestudenten, die vlak voor de kerst op het idee kwamen last minute verkering te zoeken alleen maar om met Kerstmis niet alleen te zijn. Hoe die vrijages afliepen, had ze al vaak genoeg kunnen zien. Na de kerst ging ieder zijn eigen weg en probeerden ze elkaar tot het eind van het semester te negeren.

Toen de s-Bahn knarsend aan kwam denderen deed Anna even haar ogen dicht en genoot ze van de luchtstroom. Even later gingen de deuren sissend open en stapte ze kwiek in.

Precies zesendertig minuten later reed de trein het centraal station van Halle binnen.

Zoals ze uit de berichten van haar vriendin wist, was ook de geboortestad van Händel in kerststemming met alles erop en eraan. Maar Paula woonde in een nieuwbouwblok aan de rand van de stad, waarin toeristen maar weinig geïnteresseerd waren, die gingen voor hun kerstkick naar de prachtige binnenstad met de Rode Toren, het gedenkteken voor Händel en de Marktkerk, waar rond deze tijd ook een grote kerstmarkt voor was.

Buiten adem belde Anna uiteindelijk bij haar vriendin aan.

'Anna! Wat fijn dat je er bent!' Paula viel haar met een brede glimlach om de hals en drukte haar stevig tegen zich aan. Haar krullerige zwarte haar geurde licht naar appelshampoo, wat Anna op een of andere manier het gevoel gaf dat ze weer dertien was en op het punt stond voor het eerst naar de disco te gaan.

Sinds de vierde klas waren Paula en zij vrijwel onafscheidelijk geweest. En als er iets was wat bij haar vriendin hoorde, was het wel die appelgeur. Ze ging nooit van huis zonder appels in haar tas. Haar haar geurde naar appel, haar parfum ook. Zelfs haar toiletblok kocht ze altijd met appelgeur.

En natuurlijk rook haar woning ook naar appeltaart.

'Hi Paula, bedankt dat ik mocht komen!'

'Maak je een grapje?' vroeg Paula terwijl ze haar door de deuropening duwde. 'Ik ben blij je nog even te zien voor onze familiemonsters ons voor de feestdagen in hun huis opsluiten en ons vetmesten tot we klaar zijn om net als Hans en Grietje in de oven te worden geduwd.'

Anna wist niet of ze om het beeld dat daarbij in haar opkwam moest lachen of huilen.

Maar toen stond ze al in Paula's woonkamer, die onmiskenbaar haar Afrikaanse wortels vertegenwoordigde. Overal stralende kleuren. De meubels waren in verschillende bonte kleuren geverfd, de muren in zand- en roodtinten, in plaats van prenten hingen er prachtig beschilderde doeken aan de wanden. Anna's eigen kamer in het studentenhuis zag er op een of andere manier chaotisch en eerder... functioneel uit.

'Kijk, is dat niet geweldig?' vroeg Paula wijzend op het donkerbruine beeldje van een wilde kat dat met exotische patronen was gedecoreerd.

'Prachtig, hoe kom je eraan?'

'Dat heeft mijn opa me vanuit Ghana gestuurd. Stel je voor, dit jaar zal hij met de kerst bij ons zijn! Mama haalt hem vandaag van het vliegveld, ik ben er nu al opgewonden over.'

Hoewel Anna een beetje triest werd van Paula's woorden, probeerde ze te glimlachen. Maar daarmee kon ze niet haar gedachten van zich afzetten. Haar grootouders leefden niet meer, haar enige familie naast een paar ooms en tantes waren haar moeder en haar stiefvader. Hoe vaak had ze niet gewenst dat ze zelf nog grootouders had, een toevluchtsoord waar ze naartoe kon gaan en waar ze om raad kon vragen. Maar ze wilde Paula in geen geval het plezier om haar opa bederven.

‘En ga jij je echt in het hol van de leeuw wagen?’ vroeg Paula terwijl ze Anna naar haar appelgroene bank loodste, die de verwachting wekte dat hij ook appelgeur verspreidde. ‘Nou, in elk geval is Jonathan er, die zal je met lego afschermen zodat ze je niet meer kunnen vinden. Of je gaat de hele dag met die jongen rodelen. In Berlijn zijn vast ook rodelbanen, toch?’

‘Ja zeker, en als hij dat niet wil, vind ik je plan met de lego een goed idee. Het belangrijkste is dat we samen optrekken.’

Paula pakte haar hand. ‘Wacht maar af, het wordt vast fijn! En misschien gaat het wel beter dan je denkt.’

Anna zuchtte. ‘Jij hebt makkelijk praten, jouw familie is altijd aardig tegen je. Zij zitten niet op je in te praten en maken je leven niet tot een hel wanneer je je eens vertoont.’

‘Ik hoop echt voor je dat jullie nader tot elkaar komen.’

‘Ik heb gewoon geen zin in Gerd. Je hebt hem toch wel eens ontmoet? Hij praat graag, zonder anderen aan het woord te laten, wil alles om hem heen controleren en verstikt je gewoon!’ Anna dwong zichzelf tot kalmte.

‘Ja, dat klopt, hij is echt een behoorlijk lompe vent. Maar ik geloof niet dat hij het kwaad bedoelt. En op je inpraten, dat wil familie op een of andere manier altijd. Ik kan me goed voorstellen dat mijn opa erg teleurgesteld zal zijn dat er nog niet drie kinderen aan mijn rokken hangen. En dus zal hij proberen me van de voordelen van het huwelijk en het krijgen van kinderen te overtuigen.’

‘Maar je moeder kennende zal ze vast proberen haar vader dat uit het hoofd te praten.’

Paula begon beamend te glimlachen. ‘Ja, dat zal ze zeker en ze zal er ook op wijzen dat het klokje hier een beetje anders tikt en dat zijn kleinkind te intelligent is om achter het fornuis te verzuren. Mijn moeder heeft ook maar twee kinderen gekregen en heeft succes in haar baan, dus zal hij weinig tegenargumenten kunnen inbrengen.'

'Zie je wel, en ik heb het gevoel dat mijn moeder het intussen allemaal hetzelfde ziet als Gerd. Hoewel zij degene was die me aanmoedigde om verhalen te schrijven en literatuur te gaan studeren. Dat is nu heel anders. Herinner je je mijn laatste bezoek aan Berlijn van afgelopen zomer nog?'

'O ja, je hebt staan schelden als een viswijf omdat ze het met Gerd eens was en tegen je zei dat je iets anders moest gaan doen waarmee je beter geld kunt verdienen.'

Anna knikte bedrukt.

'En heb je haar gezegd hoe kwetsend dat voor je is?' vroeg Paula. 'Heb je het er ooit met haar over gehad hoe belangrijk je studie voor je is? Ondanks alle kritiek van die sufferd van een professor die, vind ik, er geen flauw benul van heeft?'

Anna liet haar hoofd hangen. Natuurlijk had ze dat allemaal niet tegen haar moeder gezegd. Ze had gewoon haar biezen gepakt en was weer naar Leipzig gegaan. Zoals ze altijd deed wanneer het moeilijk werd. Het was nu eenmaal makkelijker om op de vlucht te slaan dan de confrontatie aan te gaan.

'Je kunt niet altijd maar weglopen,' zei Paula zachtjes. 'Wie contact wil hebben, moet contact zoeken, en wie wil dat anderen weten wat belangrijk voor hem is, moet het ook uitspreken. Gerd heeft een belangrijk voordeel – hij woont met je moeder samen. Het is alleen maar logisch dat ze zijn opvattingen overneemt als je niets doet. Er simpelweg vandoor gaan geeft alleen maar aan dat jij niets met haar kunt beginnen, en dus zal ze beetje bij beetje gaan geloven dat ze het contact met je verliest, en dan zoekt ze steun bij iemand anders. En dan is Gerd er, die kan met zijn ideeën op haar inpraten en haar aan zijn kant weten te krijgen. Als je niets doet, zal het de komende jaren almaar erger worden.'

Anna perste haar lippen op elkaar. Maar al te graag had ze tegen Paula gezegd dat ze ongelijk had. Maar dat was nu eenmaal niet het geval. Het klopte wel, ze hoorde eigenlijk niet weg te rennen. Maar wat moest ze dan? Een heftige confrontatie aangaan? Dat was niet haar stijl.

'Ik weet dat het moeilijk voor je is, maar als ze er weer over beginnen dat je een andere studie moet kiezen, zeg dan dat je volwassen bent en het niet zult doen. Herinner je moeder eraan dat zij je op het idee heeft gebracht. En blijf vooral kalm en ga niet lopen schreeuwen. Dat vindt Gerd bedreigend, dan komt de beschermer uit het Stenen Tijdperk naar boven die zijn vrouw wil verdedigen en dan krijgen jullie knallende ruzie, wat ook je broertje meekrijgt en wat voor hem allesbehalve goed is, want hij houdt van jou maar hij houdt ook van zijn moeder en van Gerd. En dat zou hem in een dilemma storten dat hij op zijn leeftijd nog niet kan oplossen.'

Het liefst had Anna nu gevraagd of Paula dat tijdens het college psychologie had geleerd, maar ze zweeg.

Misschien had ik niet moeten toezeggen, schoot het door haar heen. De hele zaak zal in de soep lopen en ik zal nog minder zin krijgen om kerst te vieren. Maar volgend jaar ga ik hoe dan ook weg, dus wat maakt het uit...

Ineens stond Paula op, liep naar haar ladekast en haalde iets tevoorschijn. Anna kromp in elkaar toen ze het kleurige papier zag. Een kerstcadeau? Maar ze gaven elkaar toch eigenlijk nooit iets...

Tot haar opluchting pakte Paula het pakje meteen uit. Nu pas viel het Anna op dat het geen kerstpapier was. En dat het er al wat beduimeld uitzag.

'Kijk, dit heb ik van Karsten gekregen. Misschien leidt het je een beetje af.'

Anna trok verbaasd haar wenkbrauwen op. Karsten was een van Paula's medestudenten, met wie ze nu ruim een jaar een los-vaste relatie had. Maar hoezo zou een cadeau van hem haar afleiden?

Toen Paula het doosje openmaakte, kwam er een glanzende ring tevoorschijn. Anna wist wat dat te betekenen had en van schrik kon ze niets uitbrengen.

'Eh... dat... dat...'

'... is een verlovingsring, ja,' maakte Paula de zin af terwijl ze het doosje op haar hand heen en weer draaide.

Anna voelde een lichte steek. Paula had haar er niets van verteld dat Karsten een aanzoek had gedaan. 'Wil je hem niet omdoen?' vroeg ze, want eigenlijk was het aannemelijk dat Paula ja zou zeggen en de ring vol trots zou dragen. Waarom lag het sieraad nog in het doosje? En waarom had Paula haar niet meteen opgewonden gebeld om het haar te vertellen? Het was toch niet bepaald een kleinigheid.

Haar vriendin schudde het hoofd. 'Nee, nog niet. Als ik hem omdoe, betekent dat dat ik zijn aanzoek aanneem.'

'En wil je dat niet?'

Paula stak haar onderlip naar voren. 'Eerlijk gezegd weet ik het niet.'

'Maar je kunt de ring toch wel passen?'

'Ik ben erg bijgelovig. Ik doe hem liever niet om dan te vroeg.'

'Denk je nou echt dat je met Karsten zou moeten trouwen omdat je de ring een keer hebt gepast? Er zit heus geen sensor ingebouwd die hem vertelt dat je hem om hebt gehad.'

'Misschien niet, maar ik zou me innerlijk onder druk voelen staan. Begrijp je?'

Anna knikte. Toch had ze nog maar een paar uur geleden tegen mevrouw Hallmann gezegd dat ze eerst haar studie wilde afmaken en zich pas dan met mannen bezig ging houden. Maar Paula en Karsten waren al een jaar samen. Ook al wist Anna niet hoever het contact tussen hen ging, dit was toch eigenlijk het teken dat het serieus werd en dat ze het goed met elkaar konden vinden.

'En wat ga je nu doen?' vroeg Anna, want ze voelde zich niet in staat relatietips te geven.

'Ik heb bedenktijd gevraagd tot na de kerst. Dat betekent dat er bij Karsten thuis ook dit jaar geen kerstboom komt, maar zo'n belangrijke beslissing wil ik niet overhaasten.'

'Geen kerstboom?' vroeg Anna verwonderd.

'Sinds hij de huwbare leeftijd heeft bereikt, komt er bij Karsten thuis alleen een kerstboom als hij een verloofde kan presenteren. Vreemde gewoonte, hè?'

'Heel vreemd.' Anna schudde verward haar hoofd.

'Tja, het betekent dat hij sinds zijn achttiende geen kerstboom meer heeft gehad. Vraag me niet waarom, sommige families zijn nu eenmaal wat eigenaardig.'

'Bedoel je echt dat zijn ouders alleen maar geen boom nemen omdat hij nog niet met een aanstaande is komen aanzetten?'

'Geen idee, ik heb nog geen kennis gemaakt met zijn ouders. Ik ging ervan uit dat we een los-vaste relatie hadden, maar toen kwam ineens die ring.'

'En hoe reageerde hij toen je niet meteen ja zei?'

'Hij heeft er begrip voor dat ik bedenktijd nodig heb. Maar als ik aan het gebruik van de boom denk...' Paula keek opnieuw naar het doosje. 'Mijn ouders zouden erg blij zijn als ik ging trouwen. Om het over mijn opa maar niet te hebben. Maar ik kan toch moeilijk alleen maar ja zeggen om Karsten een kerstboom te bezorgen?'

'In geen geval!'

‘Dus neem ik het doosje mee en ga ik er gedurende de feestdagen over nadenken. Karsten krijgt stipt met Nieuwjaar antwoord.’

‘Dan wordt het voor hem een extra vreselijke kerst.’

Paula keek dromerig naar de ring, die uitnodigend glinsterde. Aan haar gezicht was niet af te lezen wat ze dacht. ‘Misschien. Maar misschien wordt het voor hem het beste nieuwe jaar dat hij ooit heeft gehad.’

‘Of het slechtste. Afhankelijk van wat je besluit.’

‘Klopt. We zullen het zien.’ Ze deed het doosje weer dicht. ‘Wanneer gaat je trein? Ik heb appeltaart gebakken, misschien brengt dat wat helderheid. Bovendien moet je toch iets eten voor je weggaat.’

6

Opgewarmd en met de smaak van appeltaart met kaneel op haar tong ging Anna twee uur later op weg naar het station. Karstens huwelijksaanzoek en Paula's aarzeling daarover hadden haar aan het denken gezet. Zouden die twee fijne feestdagen hebben? Paula zeker, maar die arme Karsten?

Waarom zou het hem beter moeten vergaan dan mij, dacht ze een beetje knorrig. Maar misschien had haar vriendin gelijk en werd het niet zo erg. En zo ja, het ging maar om drie dagen.

Op het station aangekomen ging ze direct naar het goede perron want de trein zou over tien minuten vertrekken. Eigenlijk.

Ze had echter haar koffer nog maar net neergezet toen er een aankondiging klonk: 'Attentie alstublieft! IC 2355 naar badplaats Binz aan de Oostzee via Berlijn CS heeft door weersomstandigheden een vertraging van circa vijftig minuten.'

Kreunend keek Anna op de stationsklok. Vijftig minuten! Hoe moest ze dat zien uit te houden?

Morrend pakte ze haar bagage en liep net als veel andere passagiers terug naar de stationshal, waar het wat warmer was.

Omdat ze ijskoude vingers had, besloot ze koffie te halen bij een van de snackkraampjes. Daar zou haar natuurlijk de kerststemming niet bespaard blijven. Al in het voorbijgaan had ze gezien dat de verkopers allemaal rode kerstmutsen of glimmende kerstboomversiering droegen. Maar de warmte van de koffie was dat offer wel waard.

Met een bruinbedrukte koffiebeker waaruit de damp van een cappuccino opsteeg, zakte ze ten slotte op een zitbank neer. Er klonk een aankondiging boven haar hoofd, weer een vertraging. De passagiers van die trein hoefden echter maar twintig minuten te wachten. Sinds Anna het perron had verlaten, waren er net tien minuten verstreken.

Op haar mobieltje kijken was nauwelijks de moeite, Paula was vast al onderweg en verder was er niemand met wie ze haar tijd zou kunnen verdrijven.

Eigenlijk triest, dacht Anna. De anderen hebben allemaal iemand die ze kunnen sms'en, vrienden, geliefden, echtgenoten... Ietwat jaloers keek ze naar de vrouw naast haar, die met een peinzende glimlach een sms'je zat te schrijven. Waarschijnlijk was die onderweg naar haar vriend met wie ze een waar liefdesfeestje zou vieren. En zijzelf? Zij had het de afgelopen drie jaar niet voor elkaar gekregen contact met het andere geslacht aan te knopen. Als ze haar ogen dichtdeed en zich probeerde voor te stellen met wie het geloond zou hebben contact te leggen, zag ze niemand.

Zou het iets aan haar afkeer van Kerstmis veranderen als ze een vriend had? Ze probeerde zich in te denken hoe de kerst er bij zijn familie zou uitzien, maar echt blij werd ze daar niet van. Bij het idee met een knappe man aan het strand naar de ondergaande zon te liggen kijken voelde ze zich heel wat beter.

Een stel dat haar dichtbij passeerde, zo dicht dat ze bijna

met hun rolkoffers over haar voeten reden, haalde haar uit haar gedachten over de ideale man aan het strand. Terwijl hij iets onduidelijks brommend achter haar aan draafde, verweet de vrouw de man dat hij nooit oog had voor haar behoeften.

Dat was het andere uiterste – of beter gezegd, wat er van de relatie met de perfecte man kon worden als je de verkeerde keuze maakte of gewoon veel te lang bij elkaar was. Anna probeerde zich voor te stellen wat er in de man omging. Hoelang moest hij het gemekker van zijn vrouw al verdragen? Waarom zei hij er niets van? Vroeg hij zich misschien af waarom hij eigenlijk met die vrouw was getrouwd?

Misschien had hij ook de pest aan Kerstmis. Misschien op een andere manier dan zij, maar waren niet alle mensen die een hekel aan dat feest hadden geestverwanten?

Terwijl de kijvende vrouw haar man naar het perron loodste, kwam er iemand anders in Anna's blikveld, die haar heel wat meer beviel. De man had donker haar en een stoppelbaard, droeg een grijsgemêleerde jas met een donkere sjaal, zijn benen staken in een spijkerbroek.

Anna verzonk even in zijn aanblik. Als er zo iemand in haar werkgroep zat zou ze echt wel aan de rituelen van het vinden van een partner beginnen.

Voor een student was hij echter te oud, Anna schatte hem begin dertig. Maar misschien was hij docent?

Opeens begon er iets in haar broekzak te brommen. Te lang voor alleen maar een berichtje. Iemand belde haar. Daar schrok Anna in eerste instantie van, toen probeerde ze haar mobiel uit haar zak te halen. Wat niet makkelijk was met een afkoelende cappuccino in haar andere hand! Toen het eindelijk lukte, had de beller het al opgegeven. Verwijtend lichtte het nummer op het display op. Toch was het misschien maar goed dat ze niet meteen had kunnen opnemen. Het was het nummer van haar moeder. Waarschijnlijk wilde ze informeren wanneer Anna precies aankwam.

Weer eens geluk gehad! dacht ze en ze liet het mobieltje weer in haar zak verdwijnen. Zo erg verveel ik me nou ook weer niet dat ik graag een hortend, pijnlijk telefoontje zou verduren. Haar moeder zou nog gauw genoeg gelegenheid krijgen haar het hemd van het lijf te vragen. Wanneer ze in Berlijn was, kon ze beweren dat ze onderweg problemen met de ontvangst had gehad.

Een andere vrouw kwam naast haar zitten. Haar kleding schreeuwde uit: mannen op de wereld, waar zijn jullie? Maar blijkbaar had ook zij iemand gevonden, want ze had zich nog niet geïnstalleerd of ze pakte al haar mobieltje en er klonk: 'Hallo schat, mijn trein heeft een beetje vertraging... Ach, wat jammer... Nou, ik heb al iets bedacht ter compensatie...Nee, ik verklap nog niets...Tot straks... Ik hou van jou.'

Anna had niet veel fantasie nodig om te bedenken hoe de verrassing eruit zou zien. Haar blik zocht nu naar de man in de grijze jas, maar die was verdwenen. Weer een gemiste kans, schoot het door haar hoofd, toen zag ze op de stationsklok dat het nog maar tien minuten was tot haar trein vermoedelijk zou vertrekken. Bij de spoorwegen wist je het nooit, maar ze wilde de trein in geen geval missen.

Nadat ze de nog bijna volle koffiebeker in de vuilnisbak had gegooid, liep ze naar spoor 3. Sommige mensen die ze al eerder had gezien leken zich niet verroerd te hebben, hoewel het hier kouder was dan in de stationshal.

Anna liep hen haastig voorbij naar sectie C, waar volgens de aankondigingsborden haar wagon zou stoppen, toen wierp ze een sceptische blik op het display. Meer dan de aankondiging dat de trein vijftig minuten later zou vertrekken stond er niet, er was geen aanwijzing dat er nog tien minuten bij waren gekomen of dat de trein de achterstand had ingelopen en je een paar minuten kon aftrekken.

Maar ten slotte kwam de verlossende aankondiging: 'Attentie op spoor 3, IC 2355 naar Binz via Berlijn CS komt binnen.'

Anna omklemde het handvat van haar trolley en keek verwachtingsvol naar de rood-witte slang van de trein die door een rode locomotief langzaam het station werd binnengetrokken.

7

Eindelijk in de trein! De IC was nou niet bepaald gezellig en chic en je kon zien dat hij het traject al duizenden keren had afgelegd, maar dat kon Anna op dat moment niet schelen. Ze stond niet te popelen om naar Berlijn te gaan – het was eerder net als met een onaangenaam huishoudelijk klusje, je moest het afhandelen – maar in de coupé was het warm en de zitplaats was redelijk zacht. En Anna had geen verliefd glimlachende vrouwen meer in beeld die naar hun vriend sms'ten. In plaats daarvan nam op de rij stoelen naast haar een nogal gestrest uitziende moeder plaats, die een ongeveer vijfjarig jongetje aan de hand had dat opeens een vreselijke hoestbui kreeg. Zijn moeder keek verontschuldigend naar Anna, die eigenlijk niet van plan was geweest hem aan te staren, maar dat blijkbaar toch gedaan had. 'We zijn onderweg naar Binz,' verklaarde ze met een licht Saksisch accent. 'Hij heeft astma, en ik hoop dat het daar wat beter met hem zal gaan.'

Die openbaring verraste Anna zo dat ze eerst niets wist te zeggen. Maar de vrouw leek dat juist van haar te verwachten, dus bracht ze uit: 'Dat zal het zeker!' – waarmee haar medepassagier zich tevreden stelde. Ze begon haar kind uit zijn dikke jas te pellen.

Terwijl de moeder na het met succes opbergen van de jas drinkflesjes en Uno-kaarten tevoorschijn haalde en haar zoontje aanmoedigde een spelletje met haar te doen, plofte er een behoorlijk lijvige man naast Anna neer.

'Gaat u ook naar Wittenberg?' vroeg hij spraakzaam, waarop Anna haar hoofd schudde. Had ze echt al zo lang niet meer met de trein gereisd dat ze was vergeten dat de mensen op lange reizen per se gesprekken wilden beginnen? Of waren haar medereizigers alleen vanwege Kerstmis zo op contact maken gesteld?

'Nee, ik stap later uit,' antwoordde ze en ze haalde vervolgens haar mp3-speler tevoorschijn, die ze voor twintig euro in een supermarkt had gekocht, en deed de oortjes in. Ze had geen zin om naar muziek te luisteren, en ze had er niets op tegen naar de gesprekken in de trein te luisteren, ze wilde er alleen geen deel van uitmaken. Misschien zouden de oortjes, ook al kwam er geen muziek uit, haar behoeden voor verdere pogingen tot contact...

Bij haar buurman leek het al te werken, want hij wendde zich nu tot de vrouw met het jongetje. In tegenstelling tot Anna wilde hij natuurlijk meer over de ziekte van het kind weten, en de vrouw, duidelijk blij dat ze eindelijk haar zielenleed van zich af kon praten, gaf bereidwillig uitleg. Anna wist zeker dat zij nooit zo veel over zichzelf en haar kind zou prijsgeven, maar waarschijnlijk was de geest van Kerstmis ook hier. En het was nog waarschijnlijker dat de vrouw dacht dat ze die man toch nooit meer zou zien, dus wat gaf het?

Toen de trein optrok, hadden natuurlijk nog niet alle reizigers hun zitplaats gevonden. Met gejaagde blik dwaalden ze door de gang terwijl door de luidsprekers de licht vervormde stem van de omroeper klonk die de ingestapte reizigers begroette.

Anna leunde achterover op haar zitplaats. Even speelde ze met de gedachte mevrouw Hallmanns sprookjesboek tevoorschijn te halen, maar daar had ze weer voor moeten opstaan en haar rolkoffer uit het bagagerek moeten tillen. Dus bleef ze zitten, keek naar de huizen en probeerde de gesprekken om haar heen te negeren.

Toen ze Halle een behoorlijk eind achter zich hadden gelaten, werd Anna door een loodzware vermoeidheid overvallen. Waarschijnlijk komt dat doordat ik de koffie niet heb opgedronken, bedacht ze terwijl ze zich in haar jas nestelde. Maar dat maakte niet uit, het duurde nog wel even tot Berlijn, en de gespreksflarden om haar heen stimuleerden haar alleen maar om de tijd te gebruiken om te slapen. Dus deed ze haar ogen dicht, schakelde de gesprekken om haar heen uit en liet zich door het monotone gedender van de trein in slaap wiegen.

Even later bevond ze zich midden in een sneeuwlandschap. Dat was zo volmaakt dat het uit een boek afkomstig kon zijn. Er stonden met poedersneeuw bedekte bomen op een kleine heuvel, een smal, enigszins kronkelig weggetje werd door weiden omzoomd. Onder het sneeuwdek stak her en der een steen of een verdorde grashalm uit. Het ontbrak er nog maar aan dat de Kerstman met zijn slee over de wei vloog. Maar Anna leek helemaal alleen te zijn, alleen met de sneeuw en de wind die zachtjes door de bomen streek en het draad van het hek liet trillen.

Anna had ook geen gehavende trolley aan haar hand maar een ouderwetse koffer, die in haar grootmoeders tijd modern moest zijn geweest. De sticker BAHAMA's erop was op een of andere manier misplaatst, maar waren zulke reizen in die tijd niet ook mogelijk geweest?

En dan de jas die ze aanhad! Die was knalrood, als wilde

lijsterbes. De snit kon ze niet zien, want ze stond niet voor een spiegel, maar hij was van wol en bij de mouwen werd hij door brede banden met een enorme knoop bij elkaar gehouden. Ze droeg hoge laarzen en een rok. Voor haar lag een lange weg met bomen, sneeuw en omheinde weiden. Geen huizen, geen andere mensen.

Toch voelde ze geen kou; de sneeuw was het enige wat eraan herinnerde dat het winter was. Van een knoestige boom waar ze langs liep dwarrelden een paar sneeuwvlokken in haar lange haar, dat los over haar schouders viel.

Steeds verder liep ze, tot er in de verte een klein huisje verscheen. Op het eerste gezicht leek het aan een sprookjesboek te zijn ontsprongen, maar in kleur en 3D. Anna bleef staan om ernaar te kijken. Wie zou daar wonen?

Toen ze doorliep, viel de duisternis in. De lucht werd loodgrijs, de sneeuw grauw. De weg voor haar was algauw niet meer te ontwaren. Maar het licht van het huisje straalde haar nog tegemoet, zoals het schijnsel van een vuurtoren die haar onontkoombaar naar zich toe trok.

Bij het huis aangekomen leek het haar opeens reusachtig groot, alsof ze onderweg gekrompen was en weer kind was geworden. De deurklink zat onbereikbaar hoog. Ze keek langs haar lichaam omlaag, maar alles was net als altijd. Hoe had ze het huis zo verkeerd kunnen inschatten?

Uiteindelijk zat er niets anders op dan aan te kloppen.

'Een ogenblikje!' riep een stem van binnen, toen klonken er voetstappen. Er werd een sleutel omgedraaid, een grendel teruggeschoven. De deur die openging bood een vrije blik op een oude man met een witte baard. Hij droeg een ribbroek en een geruit overhemd, hij had een droogdoek in zijn hand. Zijn gezicht zag er een beetje grimmig uit, zoals bij zo'n griezelig kerstmannenmasker waarmee haar vader had geprobeerd haar wijs te maken dat de Kerstman echt bestond.

'Hallo, meisje, fijn om je te zien!'

Anna wilde iets terugzeggen, maar opeens begon er iemand aan haar te trekken. Anna draaide zich om en zag een schaduw. Toen struikelde ze naar achteren, belandde met haar achterwerk in de sneeuw en...

8

‘Hallo, juffertje?’

Iemand schudde haar aan haar schouder. Anna schrok op en sperde haar ogen open. In eerste instantie wist ze niet meer waar ze was. Pas langzaam drong het tot haar door dat ze in de trein zat. Ze haalde diep adem en keek in het gezicht van een oudere conducteur die een beetje leek op de man in haar droom. Of was het droombeeld alleen veranderd?

Toen ze rechtop ging zitten en haar ellebogen stootte, drong tot haar door hoe verwarrend de situatie was.

‘Shit,’ vloekte ze, ze glimlachte naar de conducteur en mompelde een verontschuldiging. Waarschijnlijk wilde hij alleen haar kaartje zien. Maar waar was haar buurman eigenlijk gebleven?

‘Een moment, ik heb het zo gevonden,’ zei ze terwijl de man onbeweeglijk naast haar bleef staan, en ze wroette in de zak van haar jas.

Omdat ze het kaartje niet meteen kon vinden, haalde ze eerst haar mobieltje tevoorschijn. Vijf gemiste oproepen, meldde het oplichtende display verwijtend. Anna negeerde het, vond uiteindelijk de licht verfrommelde envelop in haar andere zak en haalde het ticket eruit. ‘Hier, alstublieft.’

De conducteur keek haar eerst ernstig aan, toen gleed er een glimlach over zijn gezicht. Hij pakte het kaartje aan en gaf het weer terug.

'Kijk eens naar buiten,' zei hij toen.

'Wat zegt u?' Anna trok haar wenkbrauwen op.

'Kijk eens uit het raam!'

Nu pas viel Anna op dat er iets niet klopte. Het was zo rustig in de trein. Geen slaapverwekkend gebrom meer, geen gesprekken. Niet alleen haar buurman en het Uno-spelende moeder-zoonduo waren weg. Ook alle andere passagiers hadden de trein verlaten.

Een blik uit het raam liet een perron zien: BADPLAATS BINZ! BINZ! Ze was meer dan één station verder meegereden dan haar bestemming. Bovendien was het buiten stikdonker. Hoe laat zou het zijn? Het lukte haar niet het aantal uren te tellen dat sinds haar vertrek uit Halle was verstreken.

'O shit!' flapte ze er weer vertwijfeld uit. Ze sloeg haar hand voor haar mond, schudde haar hoofd alsof ze zo de aanblik kon verdrijven en keek toen de conducteur aan.

'Wat nu?'

'Nou, eigenlijk zou ik u wegens zwartrijden moeten bekeuren,' antwoordde hij lichtelijk geamuseerd. 'In elk geval zou er bijbetaald moeten worden.'

'Maar ik...'

'U hebt geslapen. Heel erg diep. Eerlijk gezegd heb ik nog nooit iemand gezien die zo ver in dromenland was. We hebben extra vertraging gehad en een opstootje hierbinnen. Maar u sliep als een marmot.'

'Heus?' vroeg Anna. 'Ik bedoel, van dat opstootje?'

'We moesten in het vrije veld blijven staan omdat de rails bevroren waren. Gelukkig hebben we in de trein een goed functionerend airconditioningssysteem. Maar de mensen waren behoorlijk van slag en ze hebben de railcateraar, die verfrissingen kwam brengen om hen te kalmeren, met pretzels bekogeld. Dat was niet bepaald aardig.'

'Dan... heb ik echt wat gemist.' Anna lachte pijnlijk getroffen en zou het liefst verschrompeld zijn en in de spleet tussen de twee zitplaatsen verdwijnen.

Maar dat gebeurde niet, hoewel ze zich een beetje als Alice in Wonderland voelde. Hoe had dit haar nu kunnen overkomen!

'Eh, nou, wat krijgt u dan nog van mij?' Anna kreeg een knoop in haar maag. Hoeveel zou dat gaan kosten? Haar kaartje naar Berlijn had er al flink ingehakt, maar ze had niet die oncomfortabele regionale trein hoeven te nemen...

'Laat maar zitten,' zei de conducteur nu, en zijn geamuseerde glimlach veranderde in een meelevende. 'Het is al erg genoeg dat u vanavond niet meer uit Binz weg kunt komen. De sneeuwstorm was op het laatst zo hevig dat we bang waren het station niet te halen.'

'Sneeuwstorm zegt u?' Anna draaide zich om en keek weer uit het raam. Ze had inderdaad het kleine detail over het hoofd gezien dat er nog steeds sneeuwvlokken rondwervelden – en nog hevig ook!

'Ja, en wat voor een! Het zou me niet verbazen als ze vannacht de Rügendamm sluiten. Het is flink ruig daar buiten, zorg er maar voor dat u ergens komt waar het warm is.'

Dat was makkelijk gezegd. Waar moest ze heen? Ze was helemaal niet bekend in Binz, laat staan dat ze wist waar je hier onderdak vond.

Oké, er waren hier veel hotels, maar ook zonder het ongewilde zwartrijden te moeten betalen had ze niet eens genoeg geld voor een B&B. En bovendien – ze had tegen haar familie gezegd dat ze vanavond zou komen!

Ze keek op de stationsklok. 22.35 uur! Eigenlijk had ze al-lang in Berlijn moeten zijn.

Goed, die vertraging was in feite geen punt. En de uitvlucht 'geen bereik' was ook niet ver van de waarheid. Maar het probleem was dat ze meer dan 200 kilometer van Berlijn verwijderd was!

'Weet u dan waar ik naartoe zou kunnen, ik bedoel... ik heb niet veel geld bij me en...'

'Nou ja, de hotels hier zijn nogal duur en de weinige die dat niet zijn zitten waarschijnlijk tot de nok vol. Er gaan veel mensen rond de kerst weg, en dan heb je ook nog de kuurgasten.'

Ondanks zijn licht Berlijnse accent leek de conducteur een ingezetene te zijn. 'Nee, ik denk dat u het onder de honderd per nacht niet redt. Maar dat moet het u waard zijn, want bevriezen in de sneeuw is niet de beste oplossing. Vooral omdat er vast iemand voor de kerstdagen op u zit te wachten.'

Ja, mijn broertje, dacht Anna.

'En hoe zit het met die trein hier? Die moet toch ook ooit weer gaan rijden, hè?'

'Natuurlijk, maar zolang de chaos op het spoor niet voorbij is, blijven we staan.'

Dat betekende vast dat ze niet in de trein kon blijven. En eigenlijk wilde ze dat ook niet. Die stomme trein, waarom wiegde hij mensen toch zo in slaap, dacht ze geërgerd, maar eigenlijk was het natuurlijk haar eigen schuld. Ze had op één dag te veel willen doen en zich niet op de reis geconcentreerd. Maar hoe had ze kunnen weten dat Vrouw Holle de sneeuw met tonnen tegelijk over het land zou uitschudden?

Ze wurmde zich dus in haar jas, legde een knoop in haar sjaal en trok haar handschoenen aan. Toen hing ze haar tas om, tilde haar trolley uit het bagagerek, bedankte de conducteur nogmaals en stapte uit.

IJzige kou omgaf haar. Op een kleumende man in oranje werkkleding na, die een wagentje vol schoonmaakbenodigdheden bij zich had, was er niemand meer op het perron. De voetafdrukken van de andere passagiers, die lang voor haar de trein hadden verlaten, waren met nieuwe sneeuw bedekt, net als het verfrommelde chipszakje dat wat triest onder de sneeuw vandaan piepte. Ook dat zat daar vast onder de witte massa en kon geen gebruik maken van een gunstige windvlaag om uit het station weg te komen naar een keurig voortuintje, waar het kon blijven hangen in de kale takken van een boom.

De stationshal zag er op het eerste gezicht uitnodigend uit, zo licht en schoon – maar Anna stond er nog maar net of ze werd door vreselijke eenzaamheid overvallen. Het kaartjesloket, dat hier 'spoorwegagentschap' heette, en ook de winkel waar je koffie, kranten en andere dingen kon kopen, waren al lang dicht. Bij de deur van *Gaststätte zur großen Bahnhof* verkondigde een briefje dat deze wegens verbouwing eveneens voorlopig gesloten was.

Anna ging wanhopig op een bankje zitten en keek naar buiten. Straatlantaarns haalden de gevels van de tegenoverliggende huizen met drie etages uit het donker naar voren. Aan bijna elk balkon waren kerstdecoraties aangebracht. Kerstmannen, sleden, ijspegels en kometen schitterden om het hardst. Ervoor dwarrelden de vlokken. Op de keerplaats voor het station lag een dikke laag sneeuw, de onderste trede van de trap was niet meer zichtbaar.

Wat moest ze nu doen? Hier blijven wachten tot morgenochtend? Of proberen op een of andere manier in Berlijn te komen?

Gefrustreerd keek ze op haar mobiel. Geen bereik. De melding over de gemiste telefoontjes blonk haar verwijtend tegemoet. Bovendien had haar moeder, of iemand anders, een bericht op haar voicemail achtergelaten. Dat kon ze bij gebrek aan bereik niet afluisteren. Waarschijnlijk was haar moeder buiten zichzelf van bezorgdheid.

Een munttelefoon! schoot het door haar heen. Ergens moest er toch zeker een telefooncel zijn. Als er geen bereik was, moesten de mensen hier zich toch op een of andere manier behelpen...

Nadat ze een blik op het kleurige geschitter buiten had geworpen, pakte ze haar rolkoffer en trok hem naar de uitgang. Buiten kwam een snijdende wind haar tegemoet. Anna kneep haar ogen tot spleetjes en probeerde zich te oriënteren. Een munttelefoon zag ze niet, maar misschien vond ze er een op straat. Links of rechts, welke kant zou ze opgaan? Ze besloot uiteindelijk de straat richting centrum te volgen – tenminste, ze dacht aan de hand van de verlichting dat ze zo bij het centrum kwam.

Algauw constateerde ze dat ze veel te dun gekleed was. In Halle had het ook gesneeuwd, maar niet zo erg. En de wind was daar lang niet zo hevig geweest!

Met gebogen hoofd trotseerde ze de windstoten, die van zee moesten komen. Misschien was het verbeelding, maar ze dacht de zee dreigend in de duisternis te horen bulderen.

Als het zomer was geweest, had ze misschien met de gedachte gespeeld op het strand te overnachten. Maar nu besefte ze al na een paar ogenblikken dat ze zou bevriezen. De sneeuw was op het trottoir bijna kniehoog, en op de straat zag het er niet beter uit. Wijd en zijd was er geen sneeuwschuiver te bekennen.

Anna was de tranen nabij. Ze had haar broertje een plezier willen doen, en nu zat ze hier. Gestrand aan het strand.

Na een tijdje doemden er een paar eengezinshuizen voor

haar op. Een telefooncel had er op straat niet gestaan, maar die mensen hadden beslist telefoon.

Ook dat nog! Opeens viel om haar heen al het licht uit.

Anna keek verbijsterd om zich heen. Nergens ook maar één enkele lamp! Niet eens meer een blinkend lichtsnoer. Had ze zo'n vreselijke uitstraling dat zelfs de stroom ervoor op de vlucht sloeg?

De maan boven haar hoofd deed dat gelukkig niet. Die werd wel door wolken versluierd, maar ze scheen dapper en verspreidde in elk geval zo veel licht dat Anna na korte tijd het trottoir voor haar kon ontwaren en haar weg kon vervolgen. Inmiddels voelde ze de kou tot diep onder haar huid en ze vroeg zich af of het zin had te gaan rennen om aan de kou en alle ellende te ontkomen. Maar toen liep ze af op een huis waarvan de lichte voorgevel een beetje afstak tegen de zwarte achtergrond. Zouden de mensen daar nog wakker zijn? Dat was moeilijk te zeggen. Misschien sliepen ze al, maar misschien waren ze ook op zoek naar zaklampen en kaarsen omdat ze door het uitvallen van de stroom waren verrast.

Nadat ze had vastgesteld dat er nergens een bord met WACHT U VOOR DE HOND! hing, vatte Anna moed en deed het tuinhek open. Een woedend gebrom verwelkomde haar en deed haar verschrikt terugdeinzen.

Maar de dreiging kwam niet uit deze tuin. De hond van de buren, die haar blijkbaar de hele tijd had gadegeslagen, achtte het nu zijn plicht haar te verdrijven.

Het volgende moment kwam er achter haar een zwaar voertuig aanzetten dat pal voor het huis stopte. Oranje knipperlicht gleed over de sneeuw en kleurde de gevel voor haar. Anna draaide zich om. Een sneeuwschuiver. Het licht verblindde haar, maar even later verstomde de motor en kwam er – tussen het geknipper en het schijnsel van de koplampen

– een schaduw tevoorschijn. De man was behoorlijk fors, droeg een oranje jack met reflecterende strepen en een bontmuts met lange oorkleppen. Zo eentje had ze eens bij een Russische straathandelaar in Berlijn gezien.

’n Avond!’ riep hij terwijl hij de sneeuw van zijn laarzen stampte. ‘Kan ik u helpen?’

Anna staarde hem eerst aan, toen kuchte ze. ‘Ik wilde vragen of ik even zou mogen bellen.’

Bijna geloofde ze dat de wind haar woorden gewoon had weggewaaid. Maar op een of andere manier leken ze de oren onder de dikke kleppen toch te hebben bereikt.

‘Waarom wil je dan bellen?’ vroeg de man terwijl hij in zijn broekzak wroette. Anna hoopte op een werkend mobieltje, maar het was een sleutelbos, waarmee hij langs haar liep en de voordeur van het slot haalde.

‘Ik ben in de trein in slaap gevallen en kan nu niet meer wegkomen.’

‘Wat?’ vroeg de man verwonderd.

‘U hoort het goed, ik wilde eigenlijk naar huis, maar nu zit ik hier en ik moet beslist naar Berlijn, omdat ik het mijn broertje heb beloofd en...’ Toen Anna merkte dat de helft van wat ze zei onder geklappertand verloren ging, hield ze op.

‘Kom eerst maar eens binnen en vertel me dan wat er aan de hand is.’

De man maakte de deur open en stapte naar binnen.

De geur van peperkoek vermengd met die van een dennenboom kwam Anna tegemoet. Maar dat was op dat moment onbelangrijk, want de warmte van de vertrekken omgaf haar en deed haar gezicht tintelen. Wat was het heerlijk om in een huis te zijn!

Anna zette haar rolkoffer in de gang en liet zich door de man naar de keukentafel loodsen. Hij streek een lucifer af en stak daarmee een olielamp aan die eruitzag alsof hij door een tijdreiziger uit de vorige eeuw was verloren.

'Een erfstuk van mijn grootvader,' verklaarde de man toen hij Anna's vragende blik opmerkte.

Even later verscheen er een vrouw in de keukendeur. Vragend keek ze eerst Anna en vervolgens de man aan, met wie ze blijkbaar getrouwd was.

'Wie is dat?'

'Ik ben Anna Wagner,' stelde Anna zich vlug voor, waarbij ze merkte dat het klappertanden minder werd en haar gezichtsspieren haar langzaam weer begonnen te gehoorzamen. 'Sorry dat ik hier zomaar kom binnenvallen. Ik kom uit Leipzig en ben in de trein in slaap gevallen, eigenlijk wilde ik naar Berlijn.'

'Berlijn?' vroeg de vrouw ontsteld. 'Maar dat is ver weg.'

'Ik heb ook behoorlijk diep geslapen, en de conducteur zei tegen me dat er pas morgenochtend weer een trein gaat, maar ik ben studente en ik heb geen geld voor een hotel en eigenlijk...'

'Je hebt geluk, meisje!' viel de man haar in de rede, voordat ze kon aanvoeren dat ze eigenlijk alleen maar wilde telefoneren. 'Ik ben net voor een nieuwe dienst ingedeeld.' Hij keek naar zijn vrouw, die ineens allesbehalve enthousiast keek. 'Kan proberen je tot de Rügendamm te brengen en je daar aan een collega over te dragen. Op het hele eiland zullen we waarschijnlijk de enigen zijn die vannacht kunnen rijden. Als je maar eerst eens in Stralsund bent, kom je misschien vlugger verder.'

Anna wist niet goed wat ze van dat aanbod moest denken, maar omdat het alternatief een nacht in het lege, koude stationsgebouw was, knikte ze. 'Oké, als u dat echt wilt doen?'

'Wilt u niet liever hier tot morgen blijven wachten?' vroeg

de vrouw van de sneeuwschuiverchauffeur nu. Het was aan haar te merken dat ze dat niet graag deed, maar ze kon het waarschijnlijk ook niet over haar hart verkrijgen om Anna aan de sneeuwmassa over te laten.

'Dat is erg aardig van u, maar mijn familie zit al bijna vijf uur op me te wachten. Als het mag, rij ik graag met de sneeuwschuiver mee en sla ik me erdoorheen.'

Het volgende moment had Anna een beetje spijt dat ze dat had gezegd, want in het huis was het gezellig en warm, en bij daglicht zag het er beslist allemaal een beetje anders uit. Maar ze dacht aan haar moeder en Jonathan, vooral aan hem. Ze moest proberen hen telefonisch te bereiken, en als dat niet lukte, zo snel mogelijk in Berlijn opdagen, zodat ze zich geen zorgen maakten.

'Eh, uw telefoon werkt niet toevallig zonder stroom?" vroeg ze weifelend en ze wees op het toestel op het bijzettafeltje naast het raam.

'Bij een stroomstoring werkt hier helemaal niets,' riep de man lachend. Toen liep hij naar de keukenkast, pakte er een paar chocoladerepen uit en stak ze in de zak van zijn oranje jack. Daarna wendde hij zich tot zijn vrouw. 'Ga slapen, schat, morgenvroeg ben ik er weer. Als ik niet ingesneeuwd raak.'

De vrouw keek hem ernstig aan, trok toen zijn jack recht terwijl dat niet nodig was, streelde over zijn wang en gaf hem een kus. 'Pas goed op jezelf en op dat meisje, ja?'

'Beloofd!' antwoordde hij en hij beduidde Anna hem te volgen.

'Hartelijk bedankt,' zei Anna glimlachend tegen de vrouw, toen pakte ze haar koffer en stapte weer de kou in.

9

Hoewel de man er niet uitzag alsof hij zijn sneeuwschuiver gebruikte om jonge liftsters op te scharrelen en vervolgens te betasten, voelde Anna zich toch een beetje onbehaaglijk toen ze op de zitplaats in de bulldozer klom. Daar zat ze als in de cabine van een vrachtwagen – nou ja, zo'n sneeuwschuiver was eigenlijk net zoiets, alleen zat er geen oplegger aan de achterkant, maar een overmaatse schep aan de voorkant.

De man ging naast haar zitten en maande haar haar gordel om te doen, toen startte hij de motor van het voertuig.

'Ik ben trouwens Karl Hansen.' Hij stak zijn enorme hand uit. 'Op een goede reis dan maar, hè.'

Het schijnsel van het oranje zwaailicht gleed over de sneeuw terwijl de sneeuwschuiver langzaam, echt heel langzaam, in beweging kwam.

'Het kan even duren, maar de verwarming doet het, en we zijn over ongeveer een uur bij de dam,' verklaarde Hansen terwijl hij de eerste chocoladereep uit zijn zak haalde. Toen hij Anna er ook een aanbood, schudde ze haar hoofd. Ze had geen honger. Maar in elk geval was ze weer onderweg. Ze keek op haar mobieltje, maar er was ofwel ergens weer een zendmast geknakt of in het voertuig was het totaal geïsoleerd.

Met al dat metaal om hen heen en de grote schep voor hen, die zich door de steeds hoger wordende sneeuwduinen heen vrat, was het geen wonder dat de zendgolven daar ook op afketsten.

Ten overvloede gaf haar mobieltje aan dat het nog maar tien procent capaciteit had. Anna had voor vertrek gedacht dat dat wel genoeg zou zijn, eigenlijk had ze al lang in Berlijn zullen zijn, waar ze haar mobieltje had kunnen opladen.

Maar misschien zou ze gauw in een streek komen waar ze bereik had.

'Nou, dan zullen we maar eens wat muziek aanzetten,' zei de bestuurder energiek en hij zette de radio aan. Blijkbaar stoorde hij zich aan haar zwijgzaamheid.

Anna bereidde zich op het ergste voor toen op het display OOSTZEEGOLF oplichtte. Maar wat er afgespeeld werd, was niet eens zo erg. Formatradio, nummers uit de hitparade, oké, dus wat je ook op studentenfeestjes te horen kreeg.

Ineens bedacht Anna dat ze eigenlijk niet erg sociaal was. Ze vertoonde zich maar zelden op zulke feestjes en ook verder was ze geen feestganger.

'Wat doe je zoal in Leipzig?' vroeg de bestuurder nadat hij de schuiver op de grond had laten zakken, waarna hij de sneeuwmassa's naar de goot begon te schuiven.

Anna voelde de kracht van de machine en hoe die de witte massa aanpakte.

'Ik studeer,' antwoordde ze. 'Literair schrijven. Aan het Literatuurinstituut in Leipzig.'

'O,' reageerde Hansen. Het was duidelijk dat hij daar niets mee kon. 'En wat kun je daar later mee doen?'

'Boeken schrijven,' antwoordde Anna en ze probeerde niet geïrriteerd te klinken. Het was altijd hetzelfde. Als ze tegen mensen zou zeggen dat ze medicijnen of rechten studeerde, zou niemand vragen wat ze na afloop zou gaan doen, maar germanistiek en literatuur waren voor de mensen abstracte begrippen waarbij ze geen beroep konden bedenken. Of wilden bedenken.

'Boeken schrijven?' herhaalde Hansen verbaasd. 'Jij bent wat van plan! Kan je daar eigenlijk van leven?'

'Dat zie ik dan wel weer. En als het niet kan, doe ik iets anders met woorden. Die heb je toch overal nodig, nietwaar? Bij de reclame, bij de krant...'

Daar leek de man wel iets mee te kunnen. 'Nou, ga er dan maar voor zorgen dat er in de sensatiebladen iets beters komt te staan. Soms zijn dat echte smiechten die alleen maar onzin schrijven.'

'Journalisten kunnen helaas over niets anders schrijven dan wat er in de wereld gebeurt – tenminste, meestal. Misschien ga ik mijn eigen krant maken, die dan *Goed Nieuws* zal heten.' De vraag is alleen waar ik dat nieuws vandaan moet halen terwijl de mensen elkaar in de wereld dagelijks het leven zuur maken, voegde Anna daar in gedachten aan toe.

'Doe dat!' antwoordde de man. 'En als het niet lukt met de boeken, zal ik hem lezen!'

Anna bekeek lachend zijn profiel. Hij leek zijn hart op de tong te dragen en oprecht te zijn. Dat beviel haar. Toch betwijfelde ze dat hij haar naam nog zou herinneren als die ooit op een titelblad stond.

'En nu een van de grootste hits van de laatste decennia,' blèrde de radiopresentator ineens. 'En, zijn jullie ook allemaal in kerststemming? Zo niet, dan zal dit liedje je er gegarandeerd direct in brengen.'

Anna verstijfde. Een onaangenaam vermoeden kwam in haar op. De presentator had veel te opgefokt, veel te gemaakt geklonken, alsof hij die troep zelf niet meer kon aanhoren.

Maar de 'hot rotation' van zijn zender dwong hem ertoe.

En ja hoor, daar kwam het: synthesizers van midden jaren tachtig, een tijd waarin ze zelf nog niet eens geboren was, ja, zelfs haar ouders kenden het in het beste geval van school. De zender had geprobeerd het intro een beetje op te peppen door er wat klokgelui onder te zetten, maar dat hielp allemaal niets.

Anna deed haar ogen dicht toen George Michael begon te zingen.

'*Last Christmas I gave you my heart...*'

Er was geen ontkomen aan. De sneeuwschuiver sukkelde langzaam voort, George blèrde en de bestuurder leek het liedje nog leuk te vinden ook.

'Ja, toen waren we nog jong!' verzuchtte hij en vervolgens begon hij tot overmaat van ramp mee te fluiten.

Het idee om zich gewoon het voertuig uit te storten verwierp Anna weer toen ze de hoge sneeuwhopen langs de straat zag. Bij het uit elkaar gaan van Wham hadden er dan misschien wel een paar meisjes zelfmoord gepleegd, zijzelf zou haar leven niet voor dat duo opofferen.

'En, verheug je je al op morgen?' vroeg Hansen enthousiast.

'Morgen is momenteel mijn grootste probleem,' antwoordde Anna morrend.

'O? Wat is er dan mis met Kerstmis? Je hebt vrij, hangt op de bank, eet veel te veel en laadt je batterijen weer eens goed op. Ik kan daar niets verkeerds in zien.'

'Dat is eigenlijk ook niet verkeerd, maar... ik weet het niet, Kerstmis heeft op een of andere manier voor mij zijn betovering verloren. Ik zie de mensen rondjachten, overal hebben ze het over vrede maar je hebt het gevoel dat iedereen elkaar in deze tijd nog minder kunnen verdragen dan anders.'

'Dat komt misschien doordat de accu's leeg zijn. De mensen hebben zich het hele jaar afgejakkerd en kunnen gewoon niet meer. En dan staat Kerstmis voor de deur, ze willen dat eigenlijk vieren maar daarvoor moeten ze nog honderden dingen regelen. En dat veroorzaakt nog meer stress en dan wordt het ze dus allemaal te veel, en nou ja, dat is dan maar zo, toch? Daarom geven mijn vrouw en ik elkaar ook geen cadeaus meer, we brengen de dagen door met lekker eten, genieten van elkaars gezelschap en van bezoek als dat zich aandient. Geloof me, dan word je een heel ander mens, en wanneer je dan weer aan het werk gaat heb je genoeg energie opgedaan om vriendelijk te kunnen zijn.'

De bestuurder van de sneeuwruimer keek naar voren en leek zich even in zijn gedachten te verliezen. Toen zei hij: 'De laatste kerst die we met mijn grootvader vierden staat me nog helder voor de geest. Hij was toen al ziek en we vermoedden dat hij niet lang meer bij ons zou zijn. Maar Kerstmis maakte hem anders. Hij at alles wat hem werd voorgezet, dat was al lang niet meer het geval. En hij lachte en maakte grapjes alsof hij weer twintig was. Ook hij wist dat hij niet lang meer te leven had, maar het laatste feest dat hij nog meemaakte wilde hij nog eenmaal goed vieren voor hij de grote oceaan overstak. Hoewel het voor ons achteraf het droevigste kerstfeest was, was het misschien ook het mooiste.' Weer verzonk hij even in gedachten, toen voegde hij eraan toe: 'Je moet je niet ergeren aan wat je met Kerstmis ziet, meisje. Probeer het weer te vieren, alsof je...' Hij liet even zijn blik over haar heen gaan en vervolgde: '... alsof je tien of elf bent. In elk geval een leeftijd waarop Kerstmis nog echt leuk was. Anders ben je straks misschien ineens oud en besef je dat je nog maar één kerst of wellicht ook wel geen meer te gaan hebt. De keren dat je het wel gevierd hebt, kan niemand je nog afnemen.'

Anna knikte peinzend. Er viel een stilte in de cabine. Slechts het ronken van de motor, zacht gejengel van de radio en het schrapende geluid van de sneeuwschuiver waren te horen.

Hij heeft gelijk, dacht Anna, maar hoe kan ik me weer net zo gaan voelen als toen? De herinnering is er nog wel, maar het vermogen me net zo te voelen als destijds, is op weg naar het volwassen leven ergens verloren gegaan. Zou ik het ooit terugvinden?

De stad verdween gaandeweg achter hen en voor hen lag de besneeuwde weg over het eiland. Wijd en zijd was er geen licht te bekennen. De sneeuwschuiver leek een eenzaam schip op een onmetelijke oceaan. Zelden had Anna zich zo verloren gevoeld. Als er toch licht opdook, was het meestal van een auto die over de weer snel dichtwaaiende weg voortploeterde.

'Verdorie, de mensen zouden thuis op hun kont moeten blijven zitten,' mopperde Hansen toen hij voor een personenauto die midden op de weg reed moest uitwijken. 'Ik begrijp niet hoe je met dit weer nog onderweg kunt zijn.'

'De mensen willen toch naar huis,' antwoordde Anna, hoewel ze hem gelijk moest geven. Als ze de keuze had gehad, zou ze nu ook niet onderweg zijn geweest. Maar soms had je het niet voor het zeggen. En de meeste mensen hadden echt goede redenen om naar hun gezin terug te gaan.

'Bovendien zit er naast u iemand die ook zo gestoord is om rond deze tijd nog onderweg te zijn.'

'Maar jij bent met mij onderweg, meisje. En daar kun je niks aan doen, want je bent in de trein in slaap gevallen. Maar je hebt gelijk, waarschijnlijk is dat iemand die naar huis wil. Laten we maar hopen dat hij de sneeuw voor blijft.'

Om een of andere reden moest Anna nog een tijdje aan de automobilist denken. Ze stelde zich voor dat bij hem thuis zijn vrouw of vriendin ongerust op hem zat te wachten – en dat die heel blij zou zijn als hij heelhuids terugkwam.

'U hebt een geweldige baan,' zei ze plompverloren terwijl op de radio Bing Crosby over een witte kerst droomde. Ha, Bing, kom eens naar Rügen, dan hangt je 'White Christmas' je eeuwig de keel uit, dacht ze sarcastisch, en toen hoorde ze Hansen vragen: 'Hoezo?'

'Nou, u zorgt er toch voor dat de mensen met Kerstmis veilig thuiskomen. Zonder u zou die automobilist blijven steken.'

'O, dat kan hem verderop nog gebeuren! De sneeuw valt deze keer verdomde vlug.'

'Maar u begint op een gegeven moment aan de terugweg en dan bevrijdt u hem wel.'

'Dat klopt. Maar ik ben niet alleen, mijn collega's van de winterdienst zijn nu allemaal op pad. En als het erg wordt moeten we morgen en ook met de feestdagen van huis. Maar misschien heeft Vrouw Holle mededogen met ons, ooit is het ook wel weer mooi geweest met de sneeuw, toch?'

Anna moest glimlachen om de bescheidenheid van de man. En tegelijkertijd vond ze dat het werk van de sneeuwruimers veel te weinig gewaardeerd werd. Al die belangrijke mensen met hun dure dienstwagens zouden maar wat raar opkijken als er geen sneeuwschuivers waren.

Gebrom in haar broekzak haalde haar uit haar gedachten. Een bericht op haar mobieltje! Blijkbaar had ze weer ontvangst.

Vlug haalde ze haar telefoon uit haar broekzak en besloot direct te antwoorden of terug te bellen als het haar moeder was. Maar in plaats van een boodschap lichtte er een ander bericht op: 'Batterij bijna leeg. 4% resterend. Sluit uw mobiel aan op het stroomnet.'

Vertwijfeld gejammer ontsnapte haar. Ook dat nog! Waar was hier stroom te vinden? En alsof dat nog niet erg genoeg was zag ze dat bovenaan in het display van haar mobieltje nog steeds GEEN BEREIK stond. Het was om uit je vel te springen!

'Wat is er aan de hand?' informeerde Karl Hansen toen ze voor een verkeerslicht stopten. Het rode licht hing dreigend boven hun hoofd terwijl de sneeuwvlokken voor de ruit voorbijstoven.

'De batterij van mijn mobieltje is bijna leeg. Hebt u niet toevallig een mobiel bij u? Een die bereik heeft?'

De man greep in zijn zak en haalde er een klein, heel ouderwets ogend mobieltje uit. Maar ook dat had geen bereik. 'Het spijt me, in de winter is het altijd zo'n ellende. Soms werkt het, soms niet. Maar voor noodsituaties heb ik een zendapparaat bij me, voor het geval dat we op een ingesneeuwde automobilist stuiten of zo. Moet ik contact met iemand opnemen? Gaat het niet goed met je?'

Anna schudde haar hoofd. 'Nee, het is tot dusver allemaal oké, alleen... Mijn familie weet niet waar ik blijf. Eigenlijk had ik al uren geleden in Berlijn moeten zijn. Niet dat iemand me zou komen afhalen of zo, maar mijn moeder maakt zich vast zorgen. Daarom vroeg ik eerst ook naar de telefoon, maar als daar geen stroom is en hier geen bereik, en mijn batterij zo goed als leeg is wanneer er wel weer bereik is...'

'Dat spijt me echt, maar wanneer we mijn collega bij de dam ontmoeten, kan hij je misschien helpen. Misschien blijft de batterij het nog even doen, het is immers niet gezegd dat hij precies dan uitvalt.'

Anna knikte, zette de verlichting van haar mobieltje uit en

stak het weer in haar zak. Het volgende moment sprong het verkeerslicht op groen. Ze kwam in de verleiding te vragen wanneer ze er eindelijk zouden zijn, maar wist die te weerstaan en begon mijmerend uit het raam te staren.

10

‘Daar is de Rügendamm!’ deed Hansen Anna uit haar beginnende gesluimer opschrikken. Eerst kon ze niet verder kijken dan het schijnsel op de besneeuwde straten, maar toen zag ze ergens in de duisternis iets schitteren.

‘Ze verlichten de brug als een windmolen, waarschijnlijk opdat er niet per ongeluk een vliegtuig tegenaan vliegt,’ verklaarde de bestuurder van de sneeuwschuiver. ‘En zoals ik zie hebben we geluk, daarginds is een van mijn collega’s aan het keren. Ik zal met de zender contact opnemen.’

Even later klonk de vervormde stem van de andere bestuurder door de cabine.

‘Ja, Kalle, wat is er?’

Terwijl Hansen Anna’s verhaal in het kort vertelde en vroeg of de andere bestuurder haar over kon nemen, keek Anna naar het water, dat ze van hieraf in het maanlicht zag glinsteren.

Kon de Oostzee bevriezen? Vast niet helemaal, maar ze had wel eens foto’s gezien waarop hoge ijsschotsen aan het strand optorenden. IJssculpturen, zo prachtig als een kunstenaar ze niet kon maken. Maar zoiets was er niet. Er was alleen maar sneeuw die op het donkere water neerdwarrelde.

'Je hebt geluk,' haalde Hansens stem haar uit haar gedachten. 'Mijn collega neemt je over en brengt je over de Rügendamm naar de snelweg. Daar is een tankstation waar je je kunt warmen. En misschien doet je mobieltje het dan ook weer.'

Dat zou mooi zijn, dacht Anna terwijl ze knikte. Tegelijkertijd had ze er spijt van dat ze haar laptop niet had meegenomen. Natuurlijk was daar ook een functionerend netwerk voor nodig, maar tankstations beschikten meestal over wifi. Omdat ze er vast van overtuigd was geweest dat ze na Tweede Kerstdag meteen weer weg kon, had ze echter alleen het hoognodige meegenomen.

Voor de Rügendamm voerde Karl Hansen een ingewikkelde keermanoeuvre uit en bracht daarna zijn sneeuwschuiver tot stilstand.

De andere bestuurder kwam op zijn gemak aanrijden, waardoor ze tijd had om afscheid te nemen van haar eerste redder.

'Hartelijk bedankt dat u me hebt meegenomen. Zonder u zou ik waarschijnlijk nog in Binz vastzitten.'

Toen Anna uit de cabine was geklommen, gaf Hansen haar de rolkoffer aan.

'Vrolijk kerstfeest, meisje!' riep hij. 'Ik zal voor je duimen dat je goed aankomt.'

Het beantwoorden van die wens ging ten onder in motorgeronk, toen ging de sneeuwschuiver ervandoor.

Anna liep haastig naar de tweede sneeuwschuiver. De bestuurder maakte geen aanstalten om uit te stappen en haar met haar koffer te helpen, maar hij stond toe dat ze de deur openmaakte en instapte.

'Hi, ik ben Anna,' stelde ze zich voor, waarop ze een onduidelijk antwoord oogstte, dat een beetje klonk als 'Eckard'.

‘Hartelijk dank dat u me wilt meenemen. Uw collega heeft u al verteld wat me overkomen is.’

Eckard, of hoe hij ook heette, knikte, zette toen de motor aan en stuurde de sneeuwschuiver de weg op. Ook op zijn radio jengelde iets, maar het was te zacht om het te herkennen. Waarschijnlijk was de man op zacht achtergrondgeruis gesteld.

Zoals Anna algauw merkte, was de tweede bestuurder veel stiller en leek hij op een of andere manier niet gelukkig met zijn vrachtje. Anna probeerde een paar keer een gesprek met hem aan te knopen, maar hij liet zich niet vermurwen. Dat hij haar meenam moest genoeg zijn.

Dat bood Anna de gelegenheid om na te denken over haar vroegere kerstfeesten. Spontaan kwam die ene keer bij haar op dat ze bij Gerds ouders op bezoek waren geweest.

Wanneer ze net zoals nu tijd had om over de oorzaak van haar afkeer van kerst na te denken, kwam ze telkens tot de conclusie dat dat kerstfeest, toen ze twaalf was, de doorslag moest hebben gegeven.

Gerd had ze van begin af aan niet gemogen, alleen omwille van haar moeder had ze gedaan alsof ze blij was. Bovendien was haar moeder toen hoogzwanger geweest, wat eigenlijk een reden was om niet ver weg te gaan, maar Gerd wilde zijn gezin graag aan zijn moeder voorstellen. Anna’s behoeften waren van ondergeschikt belang.

Het huis waarin Gerds moeder woonde was een oude boerenhoeve, de vrouw zelf een gesloten, altijd nors kijkende oude dame. Hoe ze zo was geworden, had Anna zich toen niet afgevraagd. Ze had alleen gegriezeld van de doordringende blik van de oude vrouw.

Gedurende de feestdagen was ze in niets anders geïnteresseerd geweest dan in haar. Wanneer Anna scheef zat of met haar servet speelde, oogstte ze een bestraffende blik. Wanneer Anna morste bij het eten, werd haar blik nog norser.

Het allerergst waren echter de nieuwe neefjes en nichtjes die Anna erbij had gekregen. Ze schenen tegen haar samen te spannen, wilden niet met haar spelen en ook niets anders met haar doen. Uiteindelijk was Anna naar haar moeder gevlucht, wat haar wéér een onvriendelijke blik van haar nieuwe grootmoeder had opgeleverd.

'Ik zet u bij het eerste pompstation op de snelweg af, oké?' Het onduidelijke gebrom van de sneeuwschuiverbestuurder liet Anna uit haar herinnering opschrikken. Nu pas merkte ze dat ze al een groot stuk op de snelweg achter zich hadden. De lichtjes van Stralsund waren niet eens meer te onderscheiden.

'Oké,' antwoordde Anna, want ze was er zeker van dat ze dood zou gaan van verveling als ze ook maar een moment langer in dat voertuig zou blijven zitten.

In elk geval doemden de lichten van het tankstation weldra voor hen op en ten slotte sloeg de sneeuwruimer af naar de parkeerplaats van het pompstation.

Veel wagens stonden er niet. Waarschijnlijk waren de meeste mensen al thuis. Alleen een paar truckers hielden hier een rustpauze, de meeste vrachtwagens hadden een Pools kenteken. In enkele cabines stonden kerstboompjes treurig te glinsteren.

Denkend aan de truckers, die vast graag thuis zouden zijn maar dat niet konden omdat ze geld voor hun gezin moesten verdienen, werd Anna een beetje triest. Het konden niet allemaal zulke kersthaters zijn als zij.

Nadat ze ook Eckard had bedankt en afscheid van hem had genomen, tilde ze haar rolkoffer uit de sneeuwschuiver en liep daarmee over de besneeuwde weg naar het tankstation.

Misschien was daar een telefoon. En in elk geval had ze er een dak boven het hoofd en hoefde ze geen sneeuwpop te worden.

De telefoon voor het pompstation bleek echter een tegenvaller. Niet alleen hadden vandalen de hoorn verschroeid, maar ook was het snoer eraan netjes doorgesneden. Hoelang zou dat al zo zijn? Zorgde er iemand voor telefoons bij tankstations?

In elk geval had Anna weer het idee dat het lot uitdagend zijn tong naar haar uitstak. Maar het pompstation was gelukkig open. Van de man die er achter de toonbank op klanten stond te wachten zou ze misschien de bedrijfstelefoon mogen gebruiken. Dat zou voor haar in elk geval een zorg minder zijn.

Onder geklingel stapte ze binnen. Er klonk beschaafde achtergrondmuziek. Hoopvol ging Anna bij de toonbank staan.

'Pardon, zou ik hier misschien even mogen bellen?' vroeg ze aan de man, die in een eigenaardig ritme heen en weer wipte en een enigszins aangeschoten indruk wekte. Pas op het tweede gezicht zag ze dat hij oortjes in had. Dan hielp ook kuchen niet, Anna moest net zo lang voor de toonbank blijven staan tot hij op zeker moment haar aanwezigheid zou opmerken.

Gelukkig gebeurde dat maar een paar minuten later. De man veerde terug, keek haar bijna ontsteld aan, toen ontspande zijn gezicht weer en haalde hij de oordopjes uit zijn oren.

'Ja?' vroeg hij met een afwezig glimlachje. Uit de oortjes dreunde hoorbaar voor Anna: OEMP, OEMP, OEMP...

Geen wonder dat hij niets in zijn omgeving gewaarwerd!

'Zou ik misschien kunnen bellen? De telefoon buiten is kapot, maar ik moet dringend naar huis bellen.'

De pompbediende keek haar aan alsof ze hem gevraagd had een superheldkostuum aan te trekken. 'Hebt u dan geen mobieltje?' vroeg hij weinig begripvol.

'Natuurlijk heb ik er een,' antwoordde Anna en ze merkte dat ze geïrriteerd raakte. 'Maar het is onderweg uitgevallen en ik had tot nog toe geen mogelijkheid om het op te laden. U hebt hier toch vast wel telefoon?'

'Ja, maar die is uitsluitend voor personeel.'

'Maar dit is een noodgeval! Ik moet naar huis bellen!'

Dat leek de figuur achter de toonbank niet bijzonder te interesseren. Hij keek Anna aan alsof zij hem sprookjes over de Kerstman stond te vertellen.

'Alstublieft!' smeekte Anna. Het liefst had ze nu op de toonbank getrommeld. Wat begreep hij niet aan het woord 'noodgeval'? Dacht hij met zijn je-komt-hier-niet-langs-blik soms Gandalf te zijn?

Anna bedwong haar kwaadheid echter. Als ze tegen de man zou gaan schreeuwen en hem verweet dat hij een arrogante sukkel was, zou hij haar waarschijnlijk zeker niet laten bellen.

'Goed dan,' zwichtte hij uiteindelijk. 'Maar hou het kort, ja?'

'Bedankt!' riep Anna overgelukkig. Ze glipte achter de toonbank en verdween in het kleine voorvertrek dat de achterkamer van de winkelruimte scheidde.

Maar toen ze haar mobieltje uit haar zak haalde en er nadat ze een aantal keren op toetsen had gedrukt niets op het display gebeurde, versomberde haar gezicht weer. Ze drukte op de aan-knop in de hoop dat er nog een klein beetje vermogen over was gebleven, maar nadat het startbeeldscherm even was opgelicht werd het display weer zwart. En dat bleef ook bij verdere pogingen zo.

Anna onderdrukte een vloek en gaf het op.

'Nou, klaar?' vroeg de man toen ze achter het gordijn vandaan kwam. Hij wekte de indruk dat hij net de tijd had gestopt.

Anna liep rood aan. 'Nee, het is niet gelukt. Ik denk dat ik het later nog eens moet proberen. Ik... ken het nummer niet uit mijn hoofd en het staat in mijn mobieltje, maar de batterij is leeg en... De blik van de man deed haar verstommen. Blijkbaar was hij niet van plan haar nog eens in zijn heiligdom binnen te laten.

Anna vond het vreselijk gênant dat ze het nummer van haar moeder niet uit haar hoofd kende. En het ook niet op een briefje in haar tas had staan. Om precies te zijn had ze het nummer alleen in haar mobieltje gezet sinds haar moeder met Gerd en Jonathan naar hun nieuwe huis in Zehlendorf waren verhuisd. Dat kwam doordat het meestal haar moeder was die contact met haar had gezocht. Uit zichzelf had ze bijna nooit gebeld en dan meestal met haar mobiel, waarop ze alleen maar het contact 'mama' hoefde op te zoeken. Het nummer van het oude huis had ze nog wel in haar hoofd, maar daar had ze nu niets aan. Als ze haar mobieltje zou hebben opgeladen, zou ze het echter wel kunnen vinden.

'Oké, als u het nummer hebt komt u maar terug.' Daarmee verdwenen de oordopjes weer in zijn gehoororganen en hij in het rijk der ritmen.

Gefrustreerd liet Anna haar blik door de ruimte gaan. Was er ergens een stopcontact? Misschien had ze meteen daarnaar moeten zoeken en zich het gênante smeken moeten besparen. De pompbediende had zich blijkbaar toch op een feestdag ingesteld.

Naast een zitbankje ontdekte ze ten slotte een dubbel stopcontact.

Zonder de afwezige technofan nog met een blik te verwaardigen trok ze haar rolkoffer naar het bankje, ging zitten en deed de ritssluiting open.

Eerste vak – niets.

Tweede vak – weer niets.

Dan maar in het grote vak. Anna haalde het oude sprookjesboek voorzichtig van haar kleren. Toen begon ze het stapeltje kleren grondig te doorwoelen.

'Ik heb hem hier toch ergens ingestopt,' mompelde ze bezwerend, alsof ze daarmee, net als een slangenbezweerder zijn cobra, het snoertje tevoorschijn kon lokken. Maar het snoer, haar redding, was niet te vinden. Toen ze onder in de trolley was gekomen, begon het onbevattelijke haar te dagen. Ze was het oplaadsnoer vergeten! En dus kon ze het opladen van haar mobiel ook wel vergeten!

Maar misschien had ze het gewoon over het hoofd gezien. Niet bereid de hoop nu al op te geven begon ze opnieuw door haar spullen te wroeten, voelde in elke mouw, elke broekspijp.

Maar het laadapparaat bleef zoek. De tranen sprongen haar in de ogen. Waarom dat ook nog? Hoe had ze het oplaadsnoer kunnen vergeten? Haar gedachten dwaalden naar het stopcontact naast haar bed in het studentenhuis. Ja, daar zat het in. Maar daar had ze hier verrekte weinig aan. Dat stomme kleine kastje bleef zwart, en als ze niet iemand vond die hetzelfde toestel had en toevallig de oplader bij zich had, zag het er verdomd slecht uit.

Op dat moment gleed het mobieltje, dat door al het gezoek al geblokkeerd was, uit haar broekzak. In plaats van op het bankje te blijven liggen vloog het van de zitting af en belandde het op de vloer. Het kletterende geluid ging Anna door merg en been. Ze durfde het haast niet op te pakken, want ze kon wel raden wat er gebeurd was. Ontzet keek ze naar de lange barst in het display. Controleren of het desondanks nog werkte was er niet bij.

Had ik nou maar niet ja gezegd, dacht ze wanhopig. Als ik in Leipzig was gebleven, was het allemaal in orde geweest en hoefde ik deze hele odyssee niet door te maken.

Pas toen iemand haar schouder aanraakte hield ze op met snikken. Met gezwollen ogen ontwaarde ze de in eerste instantie slechts vage gestalte van een man. Maar toen haar blik helderder werd, ontpopte de onbekende zich als een jongeman met bruin haar die nog iets jonger leek dan zijzelf.

'Wat is er aan de hand?' vroeg hij terwijl hij innemend begon te glimlachen. 'Heeft die dove kwartel daarbinnen je onheus bejegend?'

Anna schudde haar hoofd; het drong niet meteen tot haar door dat deze knul bij de pompbediende ook bot had gevangen. 'Nee, ik... ik ben alleen... het nummer vergeten.'

De onbekende fronste zijn voorhoofd. 'Wat voor nummer?'

'Dat is een lang verhaal,' antwoordde Anna terwijl ze een snik onderdrukte. 'In elk geval ben ik hier gestrand en weet ik het niet meer, ik weet niet waar ik naartoe moet.'

'Ik ben Marko,' stelde hij zich daarop voor, en hij voegde eraan toe: 'Als je wilt kun je met mij mee.'

Eerst wilde ze gaan juichen, maar toen vermaande een innerlijke stem haar voorzichtig te zijn. Misschien was het wel een gestoorde moordenaar die het op op parkeerplaatsen gestrande studentes had voorzien!

Maar wat kon ze anders? De hele nacht alleen blijven met een pompbediende die besloten had niemand meer van dienst te zijn of een stuk dichter bij Berlijn komen? Als hij tenminste naar Berlijn ging...

‘Waar moet je dan heen?’ vroeg ze dus maar terwijl ze haar tranen afveegde.

‘Eerst naar Rostock, dan naar Berlijn,’ antwoordde de jongeman.

‘Is dat niet een vreselijke omweg?’ vroeg Anna en ze merkte dat ze inwendig helemaal niet blij was dat deze jongen uiteindelijk dezelfde bestemming had als zij. Daarvoor voelde ze zich nog steeds te wantrouwig.

‘Ach, het is maar hoe je het bekijkt. Ik studeer eigenlijk in Rostock en daar woon ik ook, maar gisteren en eergisteren ben ik bij vrienden in Stralsund geweest. Stom genoeg heb ik er niet aan gedacht de kerstcadeaus voor mijn familie mee te nemen. Je weet hoe dat gaat met de kerst, dan wil de hele familie je zien en je uitvragen en nou, in elk geval is er lekker eten en kan ik eens uitslapen... Ik had eigenlijk over de A20 door kunnen rijden, maar zonder cadeaus hoef ik niet aan te komen, dus moet ik eerst nog naar Rostock en dan over de A19 en de A24 naar Berlijn.’

Dat klonk belachelijk omslachtig. Maar was er een andere mogelijkheid? De parkeerplaats lag behoorlijk afgelegen, ze kon niemand bereiken omdat ze het telefoonnummer niet had en de kans dat de pompbediende zijn oortjes vandaag nog uitdeed was minimaal.

‘Wat studeer je?’ vroeg ze door, want haar twijfel was nog steeds niet verdwenen. Tegelijkertijd vroeg ze zich af wat je eigenlijk in Rostock kon studeren.

‘Nautische wetenschappen,’ antwoordde de student. ‘Dat kan helaas niet in Berlijn. Ik wil kapitein worden.’

Die aannemelijk klinkende verklaring stelde haar wel een beetje gerust, maar toch aarzelde ze nog.

‘En jij, wat doe jij?’ vroeg hij en hij probeerde duidelijk er een beetje vertrouwenwekkender uit te zien.

'Ik studeer literatuur in Leipzig,' antwoordde Anna vermoeid.

'Nou, zoals ik al zei, als je wilt en niet bang bent voor een kleine omweg, neem ik je mee. Ik heb wel geen slee van een wagen, maar het zal wel gaan. En wanneer we 's ochtends vroeg in Berlijn zijn, kun je je familie verrassen en hoef je niet meer te bellen. En dan kun je je mobiel ook opladen.'

Nu kon Anna alleen maar glimlachen. Zoals Marko het zei, was het de simpelste zaak van de wereld. En een vrouwenmoordenaar leek hij haar ook niet meer.

'Goed dan, ik rij met je mee,' zei ze nu en ze besloot haar moeder niets te vertellen als ter sprake kwam hoe ze eigenlijk in Berlijn was gekomen. Dat zou maar ellenlange discussies opleveren, waar Gerd zich in zou mengen. En dan viel het kerstfeest hoe dan ook in duigen.

'Oké, daar zul je geen spijt van krijgen. Weet jij trouwens wat je moet doen om ervoor te zorgen dat die vent daarginds je chocoladerepen en cola verkoopt? De muziek schijnt zo hard te staan dat hij niet eens doorheeft dat er iemand voor zijn neus staat.'

Anna kwam overeind, liet haar kapotte mobieltje in haar zak verdwijnen en omklemde de handgreep van haar rolkoffer.

'Geen idee, maar misschien lukt het ons samen wel.'

11

Op de parkeerplaats stonden nu meer trucks. Er waren drie nieuwe bij gekomen, een ervan had een snoer kerstlichtjes in de stuurcabine, bij een andere fonkelde de naam JIRI in blauwe neonletters in het raam. De mannen liepen samen naar het pompstation. Zouden zij die figuur daar ertoe kunnen bewegen de dopjes uit zijn oren te halen?

Marko's auto stond op de parkeerplaats te wachten, het was een van de drie personenwagens die er waren. Waar waren de inzittenden van de andere auto's?

Voor Anna er iets bij kon verzinnen, begonnen de waarschuwingslampjes van een verlaagde Ford Fiësta te knipperen. Een dunne sneeuwlaag maakte het onmogelijk de kleur vast te stellen.

Bij het instappen viel Anna meteen de roze-witte alohaketting van stoffen bloemen op die aan de achteruitkijkspiegel bungelde. De stoelen waren bekleed met zwart-witte stof en er kwam een lichte dennengeur van af. Typisch een voertuig van iemand die van feesten hield. In elk geval zou hij in Leipzig prima in de groep feestbeesten passen die zich aan het begin van de zaterdagavond bij de pompstations verzamelden en elkaar met hun auto's probeerden te imponeren. Zat er onder de sneeuwlaag misschien een fantasievolle afbeelding of zelfs een airbrushschildering verborgen?

Terwijl Anna haar gordel omdeed, betrapte ze zichzelf erop dat ze bijna net zo dacht als haar moeder. Dat ze niets van party's moest hebben, betekende nog niet dat mensen die graag feestten niet deugden. Marko wilde haar tenslotte naar huis brengen!

'Nou, daar gaan we dan!' zei de jongeman energiek terwijl hij de motor tot leven wekte door zwierig de contactsleutel om te draaien. Die klonk net zo afgesteld als het chassis verlaagd was, maar het diepe geronk had iets vertrouwenwekkends, waardoor Anna zich ontspande. De trillingen onder haar stoel gaven haar te kennen dat het voertuig voldoende kracht had om haar naar Berlijn te brengen. Het zou allemaal wel weer goed komen.

De Ford slingerde weliswaar een beetje toen Marko wegreed, maar algauw voelde de wagen weer wat stabieler aan. Bij de uitrit van het tankstation kwam er een sneeuwruimer langs schuiven. Eerst stoof er alleen sneeuw op, daarna een vlaag strooizout die Marko zachtjes deed mopperen.

'Dat spul is de pest voor mijn auto. Ik zou willen dat het eindelijk ophield met sneeuwen.'

'Dat klinkt niet alsof je erg dol bent op de winter.'

Anna bespeurde een zielsverwant. Dat hij op weg naar zijn ouders was, betekende nog lang niet dat hij graag Kerstmis vierde en al het 'White Christmas'-gejengel waardeerde.

'Nee, ik hou absoluut niet van de winter. Misschien wil ik daarom wel kapitein worden.'

'En stel dat je met je schip naar een ijszee wordt gestuurd? Naar Groenland of Siberië?'

Marko lachte. 'Daar heb je een punt. Maar ik ben van plan me in zonnige oorden te laten inzetten. Daar zijn er wereldwijd heel veel van, daar moet toch plaats voor mij zijn.'

Anna stelde zich voor hoe Marko over tien jaar op de brug van een visserskotter stond die vis uit Groenland naar Hamburg bracht en daarbij flink met zijn tanden klapperde. Maar toen drong ze die hatelijke gedachte terug. Het is niet goed voor je karma, zou haar vriendin Paula zeggen. En goed karma, geluk vooral, had ze op dit moment hard nodig.

'Zeg, heb jij een mobiel bij je?' vroeg ze aan de student in de onzinnige hoop dat hij een oplader had waarmee je een mobieltje ook via de sigarettenaansteker van de auto kon opladen. Oké, het was misschien raar, maar iemand die zijn wagen verlaagde, had misschien ook maffe accessoires.

Maar Marko schudde zijn hoofd.

'Misschien vind je me gestoord, maar ik heb er geen. Ik wil me niet totaal afhankelijk maken van de techniek, als je begrijpt wat ik bedoel.'

Anna begreep dat helemaal niet. Hoe kon je als jong mens geen mobiel hebben? Hoewel ze de vraag niet hardop had gesteld, beantwoordde Marko hem prompt.

'Je zit dan veel te veel in al dat onlinegedoe verstrikt. Informatie gaat overal heen. Iedereen kan alles over iedereen te weten komen. Nee, ik wil niet dat ze daarboven alles van me weten. Daarom heb ik geen mobiele telefoon. Als ik onderweg ben, hoeft niemand me te bereiken, en als ik aangekomen ben, vind ik wel een mogelijkheid om contact op te nemen met degenen die moeten weten waar ik ben.'

Bij de gedachte dat hij misschien briefkaarten stuurde, moest ze zich inhouden om niet in lachen uit te barsten. Wat deed hij dan als zijn auto het een keer begaf?

'In de jaren tachtig had je nog geen mobieltjes, de mensen gingen op reis en hun familie en vrienden wachtten tot ze aangekomen waren,' ging Marko verder. 'Dus vermijd ik het nog even om me bij de trend aan te sluiten.'

'En wat doe je dan wanneer je een keer pech hebt?'

'Dan zijn er toch praatpalen langs de weg?'

'En wanneer je ergens vast komt te zitten?'

'Dan red ik me op een of andere manier wel. Mijn familie is niet bijzonder bezorgd, die weet wel dat ik kom. Wanneer ik ooit op zee ben, kan ik ze ook niet voortdurend bellen.'

'Maar daar heb je in elk geval een zendapparaat.'

'Ja, om hulp mee in te roepen en met andere schepen te communiceren. Maar hier heb ik vaste grond onder de voeten. Wat kan er dan gebeuren?'

Anna had zo een hele reeks kunnen opsommen. Maar ze had het idee dat hij toch niet van mening zou veranderen, welke argumenten ze ook aanvoerde. Misschien moest dat ook wel als je kapitein werd.

Omdat het gesprek tussen hen taande, zette Anna de radio aan. Wat daarop te horen was, klonk nog niet eens zo slecht. Of was ze gewoon aan de eenvormige deuntjes gewend geraakt?

Anna gaf zich over aan de muziek en keek naar buiten, waar telkens kleine lichtjes opflitsten. Her en der zag ze ook de rode markeringslichten van windmolens. Dan weer in de duisternis weggekropen dorpjes.

In al die huizen werd kerst gevierd, schoot het door haar heen. Misschien waren die gezinnen ook wel niet gelukkig, waarschijnlijk zou er bij sommige met de kerstdagen ruzie worden gemaakt. Maar niemand hoefde in een verlaagde Ford door de nacht te zwerven in de hoop nog op tijd bij zijn familie te zijn. Zoiets kon alleen haar overkomen.

Een bitter lachje ontsnapte aan haar keel.

Vreemd dat ze er nu zo naar verlangde haar moeder te kunnen bellen, terwijl ze het anders zo veel mogelijk vermeed wanneer ze een telefoon en ook het nummer bij de hand had.

'Alles in orde?' vroeg Marko, die haar had horen lachen.

'Ja, alles in orde,' antwoordde Anna vlug, want ze had er geen behoefte aan hem uit te leggen wat er door haar heen ging. 'Ik moest alleen aan iets grappigs denken.' Iets hilarisch, voegde ze er sarcastisch in gedachten aan toe. Iets wat eerder om te huilen is dan om te lachen.

Wat ze had gezegd leek voor Marko echter als antwoord te volstaan.

De rest van de rit zwegen ze tot Rostock. Voorbij de lichten van de stad, die Anna een beetje aan Leipzig deed denken, manoeuvreerde Marko zijn auto over de ringweg en reed vervolgens een zijstraatje in de oude binnenstad in. Voor een huis met drie verdiepingen dat eruitzag alsof het wel een opknapbeurt kon gebruiken, parkeerde hij dubbel en zette de alarmlichten aan.

'Ben zo weer terug,' verklaarde hij en hij verdween. Anna keek uit het raam. Ze was blij dat hij niet gevraagd had of ze met hem mee naar boven wilde gaan. De alarmlichten tikten rustgevend, vergezeld van een oranjekleurig schijnsel dat over de muren gleed.

Na een tijdje ontdekte ze een knipperende komeet in een van de ramen. De verlichting erachter was uit, de bewoners sliepen. Alleen de ster probeerde een beetje leven te verspreiden.

Precies zo'n ster had ook voor het raam van Peters familie gehangen, zei ze tegen zichzelf, en haar gedachten dwaalden ogenblikkelijk een paar jaar terug. In de vijfde klas van de middelbare school had ze verkering gehad met een jongen die Peter heette. Hun relatie had hun na een half jaar al zo serieus geleken dat hij erop gestaan had haar met Kerstmis naar zijn ouders mee te nemen. Anna, die toen al niet veel ophad met het kerstfeest bij haar thuis, had ermee ingestemd en haar moeder wekenlang aan haar hoofd gezeurd om kerstavond bij Peter te mogen doorbrengen.

Het was Gerd geweest die had gevonden dat haar moeder haar moest laten gaan. Niet omdat hij Anna een plezier wilde doen, maar omdat hij van mening was dat het feest fijner zou zijn zonder haar. Dat had Anna pas jaren later ingezien, maar dat jaar was ze blij geweest dat ze haar vriendin trots kon vertellen dat ze kerst met Peter zou gaan vieren.

Dat kerstfeest was een van de meest gedenkwaardige geweest die ze ooit had meegemaakt. Terwijl Peters moeder een heel normale vrouw leek te zijn, bleek zijn vader een schalkse man. Met het voortschrijden van de uren en een toenemend aantal borrels werd hij vrolijker. Eerst zong hij alleen maar luidkeels kerstliedjes, toen deed hij zijn das af en knoopte zijn overhemd los.

'Maar Heinz, wat doe je nou?' had Peters moeder met een bezorgde blik op Anna gevraagd. Ze vreesde dat zij een slecht beeld van hen zou krijgen. Maar de vader luisterde niet naar haar. Ook leek hij vergeten te zijn dat het vriendinnetje van zijn zoon er was en niet te zien dat zijn zoon er met rode oren bij zat en het liefst van schaamte door de grond was gezakt. De man trok zijn overhemd uit, sleepte de tafel die in het midden stond opzij en begon iets te zingen wat nogal Russisch klonk. En dat was nog niet alles. Nadat hij zich warm had gezongen begon hij een dans op te voeren die Anna ooit in een oude Russische film had gezien.

'Maar Heinz, dat kun je toch niet maken,' riep de moeder uit, maar Heinz kon het – en hoe! Luid juichend begon hij zo op de vloer rond te draaien dat iedere breakdancer erbij zou zijn verbleekt. Van angst.

Dat was voor Anna meer dan genoeg. Ze was in lachen uitgebarsten en had niet meer kunnen ophouden. Het was dan misschien niet het mooiste, maar wel het grappigste kerstfeest dat ze ooit had meegemaakt.

Ook nu nog toverde de herinnering eraan een brede lach op haar gezicht. Hoe zou het nu met Peter zijn? Een half jaar na dat gedenkwaardige kerstfeest gingen ze uit elkaar. Niet vanwege de voorstelling van de vader, maar omdat het gezin naar een andere stad verhuisde. Ze hadden elkaar wel beloofd contact te houden, maar uiteindelijk had de afstand hun relatie geen goed gedaan.

En daarna? Ze had later in de hoogste klas nog een vriendje gehad, maar ze had geen kerst met hem gevierd omdat hij zich daarvoor al als een idioot had ontpopt. Sinds het einde van de middelbare school was haar liefdesleven eigenlijk voorbij. Miste ze dat nou echt niet? Anna wist het niet zo precies.

De kofferbak werd opengemaakt en er ritselde iets. Toen Anna zich verschrikt omdraaide, zag ze dat het alleen maar Marko was die zijn cadeaus inlaadde. Toen stapte hij in en startte de motor. 'Alles oké?'

'Natuurlijk.'

'Goed, het is niet lang meer tot Berlijn. Zeg me straks gewoon maar waar ik je eruit moet laten, oké?'

Anna knikte.

Marko was nog niet weggereden of de fluweelzachte stem van een radiopresentatrice deed de aankondiging: 'En nu een droomhit voor iedereen die zich al op het kerstfeest verheugt.'

Voor die aankondiging weer een bitter lachje bij Anna kon oproepen, klonken er klokgeklingel en een synthesizer.

O NEE! Anna sloeg vlug haar hand voor haar mond toen George Michael met zijn weeklacht begon.

'*Last Christmas, I gave you my heart...*'

Verdorie nog aan toe, waarom moet dat nou weer? vroeg Anna's innerlijke stem verontwaardigd. Waarom alweer dat stomme liedje?

'Is echt alles in orde met je?' vroeg Marko nu weer. Blijkbaar bekeek hij haar sinds het begin van de rit steeds met argusogen. 'Voel je je niet lekker? Moet ik ergens stoppen?'

Ja, in zekere zin voelde ze zich niet lekker, maar niet lichamelijk. Haar gemoed reageerde alleen maar op dat liedje, dat haar als een vloek leek te achtervolgen. Was dat de wraak van Kerstmis? De straf voor de Grinch?

Op een gegeven moment was het weer voorbij en de kerstklaagzang werd door andere muziek afgelost. Anna's gespannenheid ebde een beetje weg.

'Waar in Berlijn woont je familie?' vroeg ze terwijl ze erover nadacht naar welk s-Bahnstation ze het best kon laten brengen. Zich door hem pal voor de voordeur laten afzetten kwam niet in aanmerking, dat zou maar de schijn wekken dat ze een vriend had. En als ze dan uitlegde dat het iemand was die haar bij een tankstation had opgepikt, zou haar moeder haar bezorgd voorhouden dat dat gevaarlijk was. En Gerd zou een balletje opgooien waarom ze dan geen vriend had – tenslotte was ze oud genoeg en hun moeders hadden op die leeftijd al kinderen gehad.

'Hellersdorf,' antwoordde hij. 'Niet bepaald een hippe buurt, maar op zon- en feestdagen is het er heerlijk rustig. En jij? Ben je een Prenzlauer Berg-meisje?'

'Ik kom oorspronkelijk uit Charlottenburg,' antwoordde Anna.

'Ah, de chique buurt.'

'Het is maar hoe je het bekijkt. Mijn moeder is een tijdje geleden met haar nieuwe man en mijn broertje naar Zehlendorf verhuisd.' Bijna had ze zich laten ontvallen dat ze daarom het nieuwe telefoonnummer niet wist.

'Ik breng je er wel naartoe.'

Omdat Anna hem niet uitgebreid wilde uitleggen waarom hij haar niet helemaal naar huis hoefde te brengen, knikte ze alleen maar en nam zich voor hem te vragen haar er bij U-bahnstation Krumme Lanke uit te laten. Van daaraf was het nog maar een paar meter en die kon ze lopend afleggen. Dat had ze toch ook moeten doen als haar reis volgens plan was verlopen.

Anna draaide zich om en probeerde nu bij het voorste vak van haar trolley te komen, die op de achterbank lag. Misschien vond ze nog een beetje afleiding door in haar sprookjesboek te bladeren – ze waren toch pas voorbij de afrit Ludwigslust. Daarbij rukte ze een beetje te hard aan haar koffer, waarop de plunjezak waar hij tegenaan leunde weg begon te glijden.

Anna hapte ontdaan naar lucht toen er aan de bovenkant iets uit de zak stak. Rode en witte pluche. Ze begreep meteen dat het geen gewone winterjas was. Of Marko was gestoorder dan hij eruitzag.

'Zeg, zit er in jouw plunjezak een kerstmanpak?' vroeg ze terwijl ze ogenblikkelijk vergat waarom ze eigenlijk bij haar koffer had gewild.

Marko lachte. 'Ja zeker. Dat pak trek ik morgen aan om mijn nichtjes hun cadeaus te geven. Bovendien had ik op de kerstmarkt in Rostock een baantje als Kerstman.'

'Verkleed je je anders ook wel eens?'

'Ja, natuurlijk, bij reclamecampagnes! Ik ben een ijsje geweest bij de opening van een nieuwe ijssalon in Rostock, een grote negen bij de opening van een 99-Cent-Markt en het hoogtepunt van mijn carrière tot nog toe was het optreden als stoffen banaan om te werven voor een attractiepark. Daar werd een nieuwe bananenboot in bedrijf genomen, onvoorstelbaar zo groot als de toeloop was.'

Bij de gedachte hem als banaan op twee benen te zien rondlopen en allerlei wervende kreten te horen roepen, begon Anna te lachen.

'Ja, dat vond ik ook grappig. Maar het betaalt ongelofelijk goed. En als je in zo'n kostuum zit, herkennen de mensen je toch niet. Het enige nadeel is dat sommigen de hele tijd proberen met je te knuffelen, maar daar raak je na een tijdje wel aan gewend.'

'Nou, als dat klopt, zal ik eens kijken of er in Leipzig ook een baantje in die richting is. Misschien als beursmannetje.'

'Hé, daar heb ík voor de collegevrije periode naar gesolliciteerd.'

Anna trok haar wenkbrauwen op.

'Nee, niet schrikken, ik maak maar een geintje. Volgend jaar studeer ik af en ben ik hopelijk boven water.'

'Ik zal naar je zwaaien wanneer ik op een bananenboot voorbijvaar.'

Ze had het nog niet gezegd of de motor van de Ford begon te sputteren.

Anna zoog van schrik lucht tussen haar tanden door. Die ouwe brik zou toch niet stil komen te staan!

Blijkbaar wel, waarmee haar vloek- en straftheorie bewaarheid werd. En Kerstmis leek zich nu warmgelopen te hebben, want er kwamen in snel tempo meer bestraffingen.

'Wat is er aan de hand?' vroeg ze terwijl ze naar Marko keek, die nu in elk geval zijn belangstelling voor haar gemoedstoestand had verloren.

'Stomme brik,' mompelde hij allesbehalve zelfverzekerd en hij gaf een klap op het stuur. Anna vroeg zich onwillekeurig af of hij dat ook zou doen als hij kapitein was op een schip dat niet zo op koers bleef als hij wilde. 'Dat doet hij de laatste tijd steeds.'

'Wanneer voor het laatst?' vroeg Anna, die niet wilde geloven dat het lot haar uitgerekend een redder met een rammelkast had gestuurd. Waarschijnlijk had ze er rekening mee moeten houden dat het avontuur nog niet voorbij was...

'Een week geleden. Mijn maat heeft er wat aan gesleuteld en zei dat het weer in orde was. Maar zoals je ziet, is het dat niet.'

Anna schrok toen ze door een woedend toeterende Mercedes werden ingehaald. Dacht die vent nou echt dat ze expres langzamer begonnen te rijden om het hem onmogelijk te maken op tijd bij vrouw en kinderen te arriveren?

Hoewel Marko het gaspedaal als een gek intrapte, verloor het voertuig steeds meer vaart. De motor loeide protesterend, alsof hij wilde zeggen dat hij niet schuldig was aan deze impasse. Waarom liet Marko nou een of ander maatje aan zijn auto sleutelen?

Ten slotte gaf hij sissend en met bloedstollend geknal helemaal de geest. Andere bestuurders toeterden, maar daar lette Marko niet op. In plaats daarvan probeerde hij de wagen naar de vluchtstrook te krijgen voor hij volkomen stil kwam te staan.

Dat lukte hem inderdaad, hij remde af en draaide de contactsleutel om.

'Je zit niet toevallig zonder benzine?' vroeg Anna weifelend.

Marko schudde zijn hoofd. 'Nee. Het heeft iets met de bougies te maken. Stom dat het juist nu gebeurt.'

'Ja, vreselijk stom. Kun je het weer fiksen?'

'Geen idee. Ik ben geen monteur, weet je. Desnoods ga ik hulp halen.'

Dat klonk een beetje alsof hij zou uitstappen en iemand aanhouden – maar hij was ook weer niet zo idioot om dat op een snelweg te proberen.

'Daarginds is een wegrestaurant,' zei hij en hij wees naar het lichtschijnsel ruim een kilometer verderop. 'Blijf op de vluchtstrook, dan kom je er wel.'

'Moet ik daarnaartoe?' vroeg Anna ontsteld.

'Ja, anders moet je hier de hele nacht blijven hangen en ik kan je zeggen dat het geen pretje is om in de auto te overnachten.'

'En hoe zit dat dan met jou?'

'Ik loop de andere kant op naar de praatpaal en blijf daar wachten. Bij het wegrestaurant is er vast wel iemand die je mee wil nemen. Omdat we dichter bij Rostock dan Berlijn zitten, zal de takelwagen me eerder weer naar het noorden brengen. En in mijn kamer wil je ook vast niet overnachten.'

Bijna had Anna beweerd dat dat niet zo erg zou zijn – maar ze wist heel goed dat het dat wel zou zijn. Marko had thuis dan misschien wel telefoon, maar beschikte niet over een oplader zodat ze ook daar niet aan het nummer van haar moeder kon komen.

Anna keek zorgelijk naar de lichtjes die snel op hen afkwamen en daarna voorbij zoefden. Ze had geen zin door een vrachtwagen gegrepen te worden, maar evenmin om bij Marko de mobielhater te blijven. Wie weet wanneer hij hulp zou weten op te scharrelen! Haar was althans geen praatpaal daar in de buurt opgevallen.

Dus zat er niets anders op dan naar het wegrestaurant te lopen. Misschien was daar iemand die toevallig een oplader bij zich had waarmee ze haar mobiel weer aan de praat kon krijgen. En die haar kon meenemen!

'Oké, hartelijk bedankt voor het meenemen dan maar,' zei

ze enigszins bedrukt terwijl ze het portier aan de passagierskant opendeed. Het voorbijrazende verkeer klonk bedreigend.

‘Pas goed op jezelf,’ raadde Marko haar aan terwijl hij uit het raampje keek om de eerstvolgende ruimte tussen de voorbijrazende voertuigen te benutten. ‘Misschien zien we elkaar ooit weer eens terug.’

Anna wist niet zeker of ze dat wel wilde. Maar het was toch heel onwaarschijnlijk. Wanneer hij thuis aankwam, zou hij door het huis van zijn ouders worden opgezogen en pas weer worden uitgespuugd wanneer het nieuwe jaar aanbrak en hij weer naar Rostock moest. ‘Vrolijk kerstfeest,’ wenste ze haar gemankeerde redder dus maar toe, toen stapte ze naar voren.

12

Met de trolley aan haar hand bleef ze zo dicht mogelijk bij de vangrail. Toen er een vrachtwagen langs raasde werd ze van boven tot onder nat van het opspattende water. Hoe kon het dat die kolossen zo sloom leken wanneer je zelf in een auto zat? In werkelijkheid raasden ze duivels hard! Maar dat merkte je pas als je erlangs liep.

Anna werd door angst bevangen. Als het de volgende keer nou eens geen opspattend water was, maar een bumper? Hoe zou het voelen om aangereden te worden? Kwam je er dan nog aan toe ergens aan te denken?

Ze gluurde over de vangrail, met in haar oren de raad van doorgewinterde chauffeurs daar beslist achter te blijven wanneer je langs de snelweg moest lopen. In de zomer was dat geen probleem, maar nu? Behalve vuile sneeuw kon ze niet veel zien. Het wit ging verloren in de duisternis. Bevond zich daarachter een afgrond of alleen maar een veldje? Ze had een zaklamp kunnen gebruiken om dat te ontdekken, maar die had ze niet. Het was misschien toch beter achter de vangrail te gaan lopen...

Hoe wou je dat voor elkaar krijgen? vroeg een stemmetje in haar achterhoofd. En dan ook nog met die trolley. Als je niet meteen naar beneden stort, zal de koffer je mee naar beneden sleuren. Dan kun je beter een kilometer lang bang zijn.

Weer kwam er een vrachtwagen voorbij. Ditmaal was de waterval die haar besproeide nog veel groter. Anna probeerde weg te duiken, maar de druppels waren sneller. Ze spatten op haar wangen, haar haar, vrijwel de hele linkerhelft van haar lichaam.

De woede in haar maag balde zich samen tot een grote klomp, werd een monster dat gretig toehapte. Weer kwamen de tranen. Maar niemand zag het en niemand kon haar helpen.

Verdomme, konden die bestuurders niet wat attenter zijn? Zagen ze dan niet dat hier iemand liep? Waarschijnlijk niet.

Na nog meer schrikmomenten en opspattend vuil water bereikte Anna ten slotte de inrit van het wegrestaurant. De felverlichte kubus deed de besneeuwde bomen eromheen lijken op die uit haar droom. Alleen liep hier geen vreedzame weg tussen twee omheinde weiden. Als ze het tot de deur redde, zou in elk geval de klink niet zo hoog zitten dat ze er niet bij kon. Ook zou het wegrestaurant niet gesloten zijn. Misschien stond daar weer een incompetente verkoper achter de toonbank, maar dan zou ze domweg een chocoladereep pakken, het geld op de toonbank leggen en zich in een hoekje terugtrekken.

Haar gedachten dwaalden af naar Paula. Ze benijdde haar vriendin hartgrondig. Die zat nu waarschijnlijk naar de verhalen van haar opa te luisteren en lekker te eten... Nee, nu zeker niet, corrigeerde Anna zichzelf. Nu slaapt ze en denkt ze dat ik goed bij mijn familie ben aangekomen. En morgen zal ze Kerstmis vieren en ik zal in deze verdomde negorij gevangenzitten – tenzij er een wonder gebeurt.

Bloedstollend getoeter achter haar rukte haar uit haar gedachten. Verschrikt sprong Anna opzij, ze struikelde en viel met haar gezicht voorover in de sneeuw. Er kwam iets dreigend voorbij brommen. Blijkbaar had de vrachtwagenchauffeur haar niet gezien. Hoe kon dat ook, ze had immers geen reflectoren op haar achterste.

Hoestend en proestend hees Anna zich overeind uit de sneeuw. Mijn koffer! schoot het door haar heen. Ze voelde paniek opkomen. Met een beetje geluk hing hij nu aan het radiatorrooster van de vrachtwagen. Maar toen ze zich weer kon oriënteren en zich uit de sneeuwhoop had gewerkt, zag ze dat hij er nog stond. Trouw en stevig op twee wieltjes en een steunpootje.

Het lot had zich voorgenomen haar te pesten, ja zeker, maar haar alle hoop ontnemen wilde het blijkbaar ook weer niet.

Nadat ze zichzelf weer bij elkaar geraapt had, greep ze de trolley en liep zo veel mogelijk rechts blijvend naar de parkeerplaats. De vrachtwagen die haar daarnet bijna had overreden, stond er al geparkeerd, de chauffeur stapte uit, krabde zich op zijn hoofd en buik en gaapte stevig.

Anna kreeg opeens heel veel zin om hem eens flink haar mening te zeggen, maar haar knorrende maag herinnerde haar eraan dat er belangrijker zaken in het leven waren dan ruziemaken met een of andere trucker. Bovendien had ze energie nodig – voor het geval dat er zich geen gelegenheid aandiende met iemand mee te rijden en ze de weg naar Berlijn lopend zou moeten afleggen.

Huiverend bij die gedachte stapte ze uiteindelijk de deur door. Het wegrestaurant was voor dit uur nog behoorlijk druk. De vrouwen achter de toonbank leken wat vermoeid, een van hen schoof net een nieuwe lading broodjes of taart in een oven, waarvan de warmte direct in de hele ruimte voelbaar was.

Anna koos een hoekbank bij een raam en schoof haar totaal besmeurde en doornatte rolkoffer onder de tafel. Haar jas zag er niet veel beter uit. Natuurlijk had ze niet verwacht na de mars door ijs- en modderregen spic en span te zijn, maar de dikke moddersporen waren ontstellend. Als haar spullen er zo uitzagen, hoe zat het dan met haar gezicht? Zag ze er misschien uit als een mijnwerker na zijn dienst? Nadat ze haar jas had uitgedaan zakte ze neer op het licht gecraqueleerde rode kunstleer, dat al vele achterwerken en vast ook kindervoetjes had moeten verduren. Ze haalde een zakspiegeltje tevoorschijn en bekeek zichzelf. De aanblik was nog erger dan ze had verwacht. Er zat modder in haar haar, vuil op haar wangen. Er liepen sporen van tranen over haar gezicht als rivieren op een landkaart. Daarbij kwamen nog haar ogen, die rood doorlopen waren en alle glans hadden verloren. En niet te vergeten de blauwachtige schaduwen eronder die het teken waren van de doorstane inspanningen en de nu al veel te lange nacht. Dat zombieachtige beeld werd vervolmaakt door bloedeloos ogende gebarsten lippen die onder het vuil nauwelijks herkenbaar waren.

Toen Anna opzettelijk haar tanden op elkaar klemde, merkte ze dat ze knarsten doordat er kleine steentjes tussen zaten.

Een ogenblik lang zat ze zichzelf verbijsterd te bekijken, toen probeerde ze met spuug en een servetje dat ze uit de houder op de tafel had gepakt het ergste te verhelpen. Onder de ruwe celstof kwamen haar wangen weer tevoorschijn en door het wrijven kregen ze nog wat kleur. Maar haar lippen bleven gebarsten en geen servet ter wereld had de glans in haar ogen terug kunnen toveren. Ook aan haar haar was niet veel te doen, maar ze voelde zich tenminste ietsje schoner.

Ze ging tegen de gepolsterde rugleuning aan zitten en keek naar buiten. Veel was daar niet te zien, alleen de gele lampen boven de parkeerplaats. Sneeuwvlokken dansten in het schijnsel en het was duidelijk dat de sneeuwlaag weer centimeters dikker was geworden.

Het gevoel volkomen verloren te zijn maakte dat ze bijna weer in huilen losbarstte. Maar haar maag knorde en de geur van taart, curryworst en patat verhinderde dat ze door wanhoop werd overmand.

Voor een heel menu had ze niet genoeg geld, want ze moest nog iets overhouden voor het geval dat ze een ticket moest kopen. Maar voor het geld dat ze wilde besteden kreeg ze een met noga gevulde donut en een grote beker koffie. Dat was genoeg om haar levensgeesten weer enigszins op te wekken. Nadat ze de koek naar binnen had gewerkt en haar koffie voor de helft had opgedronken, voelde ze zich weldadig zwaar en moe, maar aan slaap viel niet te denken. Ze moest op een of andere manier hiervandaan.

Haar blik viel op de truckers die aan de toog hun belevenissen van voorbije ritten uitwisselden. Zou een van hen haar meenemen?

Nee, dat leek haar niet ongevaarlijk. Niet omdat truckers in het algemeen woestelingen waren, maar als ze allemaal zo reden als die ene die haar bijna gegrepen had...

Om wat tijd te verdrijven en intussen een oplossing voor haar probleem te zoeken, maakte ze haar koffer open en haalde het sprookjesboek tevoorschijn. En alsof er een vreemde betovering van uitging, werd het haar ineens wat lichter om het hart. Ze kreeg het gevoel weer terug te zijn in haar kindertijd, waarin alles op een of andere manier makkelijker was geweest. Waarin het soms echt hielp als je een wens deed.

Toen ze het doorbladerde en Doornroosje, Assepoester en Repelsteeltje had gehad, stootte ze ineens op een vergeelde brief die mevrouw Hallmann vast tussen de bladzijden had vergeten. Het papier van de envelop zag er heel grof uit, hij zat vol vochtplekken. Er stond noch een afzender, noch een geadresseerde op. Waarschijnlijk was de envelop gebruikt om iets in te bewaren. Of was de brief die erin zat nooit verstuurd?

Even verkeerde Anna in strijd met haar nieuwsgierigheid, toen besloot ze de brief voorzichtig uit het boek te pakken en hem te lezen.

De envelop wekte de indruk dat hij zou verpulveren zodra ze hem aanraakte. Maar gelukkig gebeurde dat niet. Anna pakte hem uit het boek en maakte hem open. Er zat een blaadje in. Ook dat zat vol vlekken. Op de plaatsen waar het was opgevouwen, was het heel broos. Hoe vaak zou de brief wel niet gelezen zijn? Uiterst voorzichtig vouwde Anna hem open. Het handschrift zag er in eerste instantie heel warrig uit, bovendien was het in sütterlinschrift. De inkt was aan de randen een beetje uitgelopen. Die was vroeger misschien ooit blauw geweest, maar nu was er alleen nog een verbleekt bruin van over. Anna had even nodig om het schrift te ontcijferen, maar toen las ze:

Mijn geliefde Gertrud,

Nu zit ik alweer drie maanden aan het front en heb geen idee hoe het verder zal gaan. Er wordt zwaar gevochten en ik vrees dat ik je nooit zal weerzien. Vooral nu, met Kerstmis, heerst onder mijn kameraden een bedrukte stemming. Iedereen zou zo graag bij zijn geliefde zijn – en ik zou het liefst bij jou zijn. Ik heb geen idee wanneer mijn brief je zal bereiken, misschien is het dan al lente en is het kerstfeest allang vergeten. Maar ik wil je laten weten dat ik elke minuut aan je denk, ook wanneer de beschietingen losbarsten en we er rekening mee moeten houden dat we elk moment kunnen sneuvelen. Herinner je je nog wat we elkaar de vorige kerst hebben beloofd? Ik denk graag aan die dagen terug en de herinnering aan het feest van toen is de reddingsboei waaraan ik me vastklamp bij alle chaos en leed. Vaak denk ik erover er gewoon vandoor te gaan, me naar jou door te vechten, maar het is gewoon te gevaarlijk. Dus probeer ik het vol te houden en vooral te overleven. Als ik voor mezelf een geschenk van het kerstkind zou wensen, is het dat. Nou nee, er is er nog een: namelijk dat jouw liefde voor mij hier in de verte bewaard blijft. Want als er iets is wat ik meer vrees dan de dood, dan is het dat je niet meer van me houdt.

Vrolijk kerstfeest en een goed nieuwjaar wens ik jou, mijn lief. Een jaar waarin er hopelijk een einde komt aan de oorlog en waarin we elkaar weer in de armen kunnen sluiten.

In liefde,
je Kurt

Diep geroerd liet Anna de brief zakken. Wie was de jongeman die hem geschreven had?

Dat met Gertrud mevrouw Hallmann was bedoeld, stond buiten kijf, maar wie was híj? Haar echtgenoot? Maar die heette toch Werner? Helaas stond er niet bij waar de soldaat gelegerd was. Waarschijnlijk had mevrouw Hallmann de envelop omgewisseld nadat ze de brief had gekregen. Misschien had ze die indertijd ook vol ongeduld opengescheurd omdat ze zo graag wilde weten hoe het Kurt was vergaan.

Wat was er met hem gebeurd? Was hij misschien haar jeugdliefde geweest? Of was hij haar broer? In elk geval had Anna een datum. 10 december 1944. Waar zou Kurt op dat moment hebben gezeten? En had hij de oorlog overleefd? Waarom had mevrouw Hallmann de brief weggeborgen?

Anna vouwde het blaadje voorzichtig weer dicht. Zou ze de moed hebben mevrouw Hallmann erover aan te spreken? Misschien had zij de brief in het sprookjesboek gelegd om hem te verstoppen. Als Anna haar erover aansprak, zou ze te kennen geven dat ze hem had gelezen. Mocht je dat zomaar doen, de brief van een onbekende lezen? Ook al zat die in een cadeau dat je had gekregen?

Er kwam nog een andere mogelijkheid bij haar op. Misschien had mevrouw Hallmann de brief opzettelijk tussen de bladzijden gelegd om Anna te laten zien dat het kerstfeest ook heel anders kon zijn. Om haar te laten zien dat mensen die veel grotere problemen hadden gehad dan zij, zich toch op Kerstmis konden verheugen...

Ze probeerde zich voor te stellen hoe het kerstfeest er voor die soldaten had uitgezien. Was er in de Tweede Wereldoorlog in de loopgraven zoiets als een kerstfeest geweest? Hadden de wapens althans op kerstavond gezwegen?

In een film over de Eerste Wereldoorlog had ze gezien dat soldaten op kerstavond bij elkaar waren gekomen, Duitse en Engelse, en dat ze samen kerstliedjes hadden gezongen en vergeten waren dat ze eigenlijk vijanden waren. Vijanden in een onzinnige oorlog. Was er echt zoiets gebeurd? En pas goed in de Tweede Wereldoorlog? Of was dat alleen aan de fantasie van de auteur ontsproten? In het ergste geval had de afzender van de brief zitten kleumen in een moddergat, met zijn wanhopige gedachten op zijn thuissituatie gericht, waar zijn vriendin op hem wachtte. Het was tegenwoordig haast onvoorstelbaar dat er zo'n tijd had bestaan. Maar die brief was een onmiskenbaar bewijs...

'Lieve help!'

Die uitroep haalde haar uit haar voorstelling van de kleumende soldaat. Toen ze opkeek, ontdekte ze drie oudere dames die enigszins vertwijfeld halsreikend voor het raam van het wegrestaurant naar iets leken te staan kijken.

'Wat moeten we nu doen?'

'Waar zijn ze nou?'

De drie dames konden blijkbaar niet vinden wat ze zochten. Ze raakten nog paniekeriger. Het trio fluisterde met elkaar, wat Anna niet kon verstaan, en toen begonnen ze voor het raam heen en weer te lopen. Was er iets gebeurd?

Omdat verder niemand aandacht aan hen schonk, besloot Anna hen aan te spreken. Ze stak de brief weer tussen de bladzijden van het sprookjesboek en stopte dat weg in haar trolley. Toen liep ze naar de vrouwen toe.

'Sorry dat ik me ermee bemoei,' zei ze, 'maar... is alles met u in orde?'

Op het eerste gezicht deden ze Anna een beetje denken aan de drie feeën uit de sprookjes, hoewel ze geen wijde gewaden of heksenmantels droegen.

De qua omvang grootste vrouw had haar zilvergrijze haar een lichte lilatint gegeven, waarschijnlijk om er interessanter uit te zien – of omdat het bij haar kleding moest passen, want die was in verschillende, op elkaar afgestemde lilatinten gehouden. De tweede, wier haar sneeuwwit was, droeg een roze bril waarvan de glazen haar ogen minstens driemaal zo groot deden lijken als normaal. Haar kleding was nogal bont, er bloeiden grote roze bloemen op haar knielange rok, haar benen staken in steunkousen zoals Anna ze ook van mevrouw Hallmann kende. De derde droeg een geel gebreid jasje dat haar er wat ziekelijk deed uitzien, maar wel bij haar donker geverfde haar, haar witte blouse en haar bruine knickerbockers paste.

Lila, Roos en Boterbloem. Die namen pasten uitstekend bij hen.

Op haar vraag hielden de vrouwen op met ijsberen. Verwonderd keken ze haar aan, alsof ze in eerste instantie niet wisten wat ze met haar aan moesten.

'Ach kindje, het is heel aardig van je om dat te vragen,' antwoordde de lila dame vervolgens vriendelijk. 'Ik vrees dat ze ons vergeten zijn.'

'Vergeten?' vroeg Anna verbaasd.

'Ja, dat is haast niet te geloven, toch?' mengde de roze dame zich in het gesprek. 'We zijn alleen maar even naar het toilet geweest.'

'En dan komen we terug en is de bus weg,' voegde de boterbloemdame eraan toe en ze knipte met haar vingers. 'Gewoon zomaar!'

'U was dus met de bus onderweg?' informeerde Anna, terwijl ze zich tegelijkertijd afvroeg hoe het mogelijk was dat het niet was opgevallen dat deze vrouwen zich niet meer onder de reizigers bevonden.

'Ja, we hebben een uitstapje naar de Oostzee gemaakt,' antwoordde Lila.

'Het was anders meer een koffie-uitstapje,' morde Roos, en Boterbloem bromde: 'Het was de ergste reis van mijn leven!'

'Nou, je overdrijft wel, het uitstapje naar de Königsstuhl was toch leuk!' wierp Lila tegen.

'Leuk?' viel Boterbloem tegen haar uit. 'Ze stuurden ons over bevroren paden! Als we naar beneden waren gestort, had de staat onze pensioenen uitgespaard. Misschien waren de reisorganisatoren wel agenten die ons om het leven wilden brengen.'

‘Je hebt een levendige fantasie,’ wimpelde Roos het weg. ‘Natuurlijk, het was ongepast om ons in die kou de Königsstuhl op te jagen, maar ik denk niet dat ze ons om het leven wilden brengen. En je had ook in de bus kunnen blijven.’

‘En juist jij wilde over dat pad, om krijt te verzamelen,’ hield Lila Boterbloem voor, die geërgerd haar gezicht vertrok.

‘Ja, als er één reden was om van die spiegelgladde planken af te vallen, was het wel je geklauw naar brokken krijt,’ viel Roos Lila bij. ‘Alsof je niet overal krijt kunt kopen!’

‘Poeh, alsof ze ons in het verzorgingstehuis krijt laten kopen!’ barstte Boterbloem uit. ‘Ze zijn daar bang dat we het huis volkalken met schunnige teksten!’

‘En wat ben jij afgezien van schunnige teksten dan wel van plan met je krijt?’ Lila trok sceptisch haar vrij zware wenkbrauwen op. Blijkbaar kende ze haar medebewoonster goed.

‘Dat heb ik... nodig voor mijn kleinkinderen,’ antwoordde Boterbloem ontwijkend. Anna zag echter duidelijk iets schalks in haar ooghoeken glinsteren. Waarschijnlijk zou ze meteen na hun terugkeer beginnen het tehuis te ‘verfraaien’. Maar eerlijk gezegd vond ze dat heel verfrissend. En wie weet zou zij, als ze op een dag oud was, dat ook wel gaan doen. Nou ja, misschien geen schunnige teksten op muren kalken, maar gedichten of zo.

‘Waar kom jij vandaan, kindje?’ wendde Roos zich nu weer tot Anna.

‘Eigenlijk uit Leipzig,’ antwoordde ze. ‘Maar ik ben in de trein naar Berlijn in slaap gevallen en te ver doorgereden. Pas in Binz werd ik weer wakker.’

‘Binz, daar zijn wij ook geweest!’ riep Boterbloem uit. Vergeten waren de wandaden die ze met het krijt wilde begaan. ‘Een mooie plaats! Ik was er graag gebleven, maar die verkopers van elektrische dekens hebben ons meteen de bus weer ingedreven. Ze vonden het belangrijker dat we naar dat gymnastiekzaaltje gingen waar we door die dubieuze reisleiders met hun verkooppraatjes werden belaagd.'

'Maar het heeft allemaal maar negentienvijfennegentig gekost. En er was zelfs een maaltijd!' zei Lila, voor wie het feit dat ze een mooie badplaats voor een gymnastiekzaal hadden moeten verruilen niet erg veel leek uit te maken.

'Een nogal miserabele maaltijd,' zei Roos nu en ze scheen zich daarmee aan de kant van Boterbloem te scharen. 'Het vlees was taai, de saus uit een pakje, de groente waterig. Daarbij vergeleken is de keuken van het tehuis een ware gourmettempel!'

Anna kon het niet laten te grinniken bij het beeld van de dames die op taaie koteletten zaten te kauwen terwijl ze inwendig ook een vloek tegen de organisatoren verbeten.

'Dat met de keuken moeten we maar laten rusten,' bracht de robuuste Lila in, die blijkbaar nog over goede tanden beschikte. Laten we liever met onze jonge vriendin hier praten. Je was dus op weg naar Berlijn en bent in Binz gestrand. Hoe heb je het voor elkaar gekregen in dit troosteloze oord te belanden?' Ze maakte een uitnodigend gebaar en vreemd genoeg klonk het woord 'troosteloos' bij haar nogal optimistisch.

'Ik kwam de bestuurder van een sneeuwschuiver tegen, die me aan een collega heeft overgedragen, die me weer naar een pompstation, god weet waar, heeft gebracht. Daar ontmoette ik een student, maar zijn auto bleef voor het restaurant hier steken op de vluchtstrook. Geen idee of hij al hulp heeft gevonden. Ik weet wel zeker dat hij die niet zo vlug zal vinden en daarom ben ik nu hier, in de hoop dat iemand me meeneemt.'

Boterbloem zat met open mond naar haar verklaring te

luisteren, alsof ze wat Anna zei nog minder kon geloven dan het feit dat ze zelf was vergeten in de toiletten van een wegrestaurant.

Pas toen Roos haar aanstootte, ging haar mond weer dicht.

'Wat een verhaal!' zei Lila, en ze haalde een zakdoek tevoorschijn en snoot haar neus. Niet omdat ze zo ontroerd was maar omdat ze verkouden begon te worden.

'Dan zal mijn veronderstelling wel juist zijn dat je niet over een transportmiddel beschikt dat ons uit de misère kan helpen,' opperde de rozendame.

Anna zuchtte. 'Nee, ik vrees van niet. Ik zoek zelf een mogelijkheid om mee te rijden. Die ik wel niet zal vinden gezien het geluk dat ik gisteren had. Of misschien ook wel vandaag,' verbeterde ze zichzelf na een blik op de klok van het wegrestaurant, waarvan de wijzers op tien over drie stonden.

'Tja, dan zit er niets anders op dan samen te wachten, hè?' Dat vooruitzicht leek de dame in het lila wel te bevallen. 'Laten we even gaan zitten om te bedenken wat we in deze situatie kunnen doen.'

'We kunnen het best in de sneeuw gaan liggen en wachten tot we bevriezen,' gaf Boterbloem allesbehalve zonnig ten beste.

'Jij zou de eerste zijn die vlug weer naar binnen ging om warme melk met honing te bestelllen!' merkte Lila droog op.

'Bovendien hebben we toch ook al heel andere dingen meegemaakt, weten jullie nog?' voerde de rozendame aan terwijl ze vriendelijk naar Anna glimlachte.

'Waarom kom je niet bij ons zitten kindje, om naar de verhalen van een paar oude dames te luisteren?'

'Dat is vast veel te saai voor haar,' wierp Boterbloem tegen, maar Anna schudde haar hoofd.

'Nee, helemaal niet!' En dat was zelfs oprecht gemeend,

want Anna kon zich wel iets ergers voorstellen dan naar die drie dames luisteren. En misschien gebeurde er intussen wel een klein wonder. Per slot van rekening had mevrouw Hallmann gezegd dat zoiets mogelijk was...

13

Met vier glazen Irish coffee gingen ze aan Anna's tafel zitten. Anna wist niet of het aan de alcohol in het drankje lag, maar al na drie slokken had ze het gevoel dat ze zich in een sprookje bevond waarin ze door drie snerpende feeën gekidnapt was. Bij de toonbank hadden ze zich nog netjes gedragen, maar nu leken ze weer zin te krijgen om te kibbelen.

'Ik heb geen idee wat je met al die elektrische dekens wilt,' zei Lila tegen Roos en ze duidde verwijtend op de tas, die gewoon uitpuilde van de dekens.

'Dat zul je nog wel zien wanneer ze de ramen in de kamers weer openlaten – of wanneer de nachtdienst ze opentrekt omdat ze vinden dat frisse lucht gezond is!'

'Daar heeft ze gelijk in,' viel Boterbloem haar bij. 'Met de nachtdienst weet je het maar nooit. Soms denk ik dat ze die alleen maar hebben aangenomen om ons om zeep te helpen.'

'En dat zegt degene die daarnet nog in de sneeuw wilde gaan liggen,' merkte Lila droog op.

'Dat is volkomen andere koek!' antwoordde Boterbloem. 'Ik ga vrijwillig in de sneeuw liggen, maar wanneer de zusters me in gevaar brengen, word ik onaangenaam!'

'Hoe bent u in het tehuis terechtgekomen?' vroeg Anna na

nog een slok Irish coffee. Het volgende moment werd haar duidelijk hoe onzinnig haar vraag was, want hoe kwam je nou in het bejaardentehuis? Omdat je oud was en niemand had die zich om je bekommerde!

'O, ik ben erheen gegaan voor de mannen,' antwoordde Roos vrijmoedig terwijl ze haar tas met elektrische dekens dichterbij trok en ondertussen Lila een vijandige blik toewierp. 'Na de dood van mijn man had ik geen zin om alleen te blijven, en waar vind je anders nog mannen die een ouwe doos als ik willen hebben?'

'Alsof er in ons huis spetters zijn,' zei Boterbloem vinnig. 'De meesten van hen zijn seniel, hebben een ballonkatheter of zijn bedlegerig. Ik vind het een behoorlijk slecht idee om daarom in een tehuis te gaan.'

'Maar waar moest ik anders heen?' vroeg Roos verontwaardigd. 'Ik had niemand, zat daar thuis in mijn dooie eentje. Het leven in het tehuis mag dan soms niet zo zonnig zijn, maar het is wel altijd interessant.'

'Ja, vooral wanneer ze je in een wegrestaurant vergeten omdat ze je niet kunnen uitstaan,' kwam Boterbloem ertussen met een sip pruilmondje. 'En dat alleen maar omdat we een beetje plezier wilden maken.'

Anna gniffelde bij de gedachte aan het verwijt dat die oude dame van plan was met het verzamelde krijt 'schunnigheden' op de muur te kalken.

'Ik heb er in elk geval niet zelf voor gezorgd dat ik naar een tehuis ging,' zei Boterbloem. 'Maar mijn kinderen vonden dat het beste. We hadden toch al geen goede verstandhouding en hoewel ik het verachtelijk vind, kan ik wel een beetje begrijpen dat geen van mijn twee zonen zich bereid heeft verklaard voor me te gaan zorgen wanneer het ooit niet meer gaat. Ze hebben het me verkocht als zijnde voor mijn bestwil en ik heb me erbij neergelegd, maar de dag dat ik naar het tehuis verhuisde was de ergste van mijn leven. Overal rook het naar medicijnen en naar oude mensen. De kamer waar ze me in stopten moest ik delen met een vrouw die altijd schreeuwde in haar slaap. Ik dacht dat ik gek werd.'

'En hoe is het u gelukt te wennen?' vroeg Anna, die kippenvel kreeg. Ook al had ze nog lang niet de leeftijd om naar een tehuis te gaan, ze was wel bang dat er iets in haar leven zou gebeuren wat ze helemaal niet wilde. Misschien reageerde ze daarom ook zo allergisch op de raadgevingen van Gerd. Ze wilde gewoon niet dat iemand haar voorschreef wat ze met haar leven moest doen.

'In het begin helemaal niet. Toen de vrouw die 's nachts altijd schreeuwde doodging, lieten ze het bed onbezet en had ik de kamer voor mij alleen. Dat was wel een verbetering, maar echt prettiger voelde ik me niet. Ik was zelfs nogal eenzaam, zat alleen maar voor het raam naar buiten te staren. Maar toen, op een dag, herinnerde ik me weer hoe het vroeger was, toen ik jong was. Ik was niet iemand die zich in haar kamer opsloot en probeerde onzichtbaar te worden. Ik heb hoe dan ook altijd gerebelleerd en haalde van alles uit. En dat pakte ik dus weer op. Ik verwisselde etenszakken en nachtkastjes, bietste koekjes en verhing schilderijen. Soms schreef ik ook iets op tafels en muren, wat de zusters later moesten verwijderen. Af en toe werd ik betrapt, maar het gefoeter van de verzorgenden was muziek in mijn oren. Eindelijk werd ik als een mens behandeld en niet als een klein kind in de luiers. Eindelijk wisten de mensen weer wie ik was in de gezichtsloze massa van identiek gepermanente hoofden en muisgrijze kleren. En ik denk dat ze ook een beetje bang voor me waren.'

'Dat zijn ze nu nog!' zei Roos, waarbij de kraaienpootjes rond haar ogen extra diep leken te worden.

‘En dat natuurlijk ook omdat je je manier van kleden radicaal veranderde,’ voegde Lila er met een guitig lachje aan toe, alsof ze vreesde dat Boterbloem dat aspect van haar transformatie zou vergeten.

‘En of! De loopjongens van de postorderbedrijven liepen de deur plat. De zusters waren altijd helemaal van slag wanneer er een leverancier op het terrein stopte, want meestal ging het niet om de gewenste levering van vloeibaar voedsel, maar om pakketten die ze naar mijn kamer moesten sjouwen. Toen ze daar genoeg van hadden, beklaagden ze zich bij mijn zonen. Maar wat konden die doen? Ik was nog altijd bij mijn volle verstand, had een volle bankrekening en ik had nadat ze me dat kunstje met het tehuis hadden geflikt geen zin om hen alles wat daarop stond te laten erven. Toen ze zich bij mij vertoonden, voor het eerst na drie jaar overigens, heb ik ze weggestuurd. Uiteraard hebben ze daarna geprobeerd me handelingsonbekwaam te laten verklaren, maar ze waren vergeten dat hun moeder niet alleen een ouwe feeks was, maar ook heel charmant en beminnelijk kon zijn. De commissie die ze op me af hadden gestuurd om mijn toerekeningsvatbaarheid te laten testen was er heel erg van gecharmeerd dat ik geestelijk zo bij was en ik wond ze allemaal om de vinger door hen op de koffie uit te nodigen. Ik denk dat de grote hoeveelheid boeken die ik in mijn kamer had verzameld er ook toe heeft bijgedragen dat ze tot de conclusie kwamen dat ik voor mijn leeftijd geestelijk nog heel fit was en absoluut niet ontoerekeningsvatbaar. Ik heb mijn overwinning gevierd met een reeks bestellingen bij tien postorderbedrijven, extra grote pakketten met een nieuwe televisie, videorecorder, een stereo-installatie – die je flink hard kunt zetten, zodat zelfs de oude mevrouw Carlsen aan het einde van de gang nog kan meegenieten – en natuurlijk bergen kleren, die de zusters in mijn overvolle kast moesten zien op te bergen. Het was echt een geweldige dag en sindsdien kan ik het veel beter verkroppen dat mijn heren zonen zich niet meer vertonen.'

De drie vrouwen lachten en Anna lachte mee, want het idee dat deze vrouw, die zo nukkig leek, eigenlijk alleen maar jong was gebleven en van het leven wilde genieten, was gewoon te mooi!

Nu bleef alleen Lila nog over met haar tehuisgeschiedenis. Nadat ze haar lachtranen uit haar ooghoeken had geveegd, begon ze mijmerend: 'Ik ben naar het tehuis gegaan omdat ik bang was het bij het oud worden niet meer alleen te kunnen redden. Dat is eigenlijk heel vreemd, want ik heb het in mijn leven altijd in mijn eentje moeten zien te redden. Maar toen kreeg ik die beroerte, die ervoor zorgde dat ik van de ene dag op de andere niet meer kon praten.'

Anna fronste haar wenkbrauwen. De vrouw die voor haar zat, kon je dan misschien wel haar leeftijd aanzien, maar het was niet aan haar te merken dat ze een beroerte had gehad en aan afasie had geleden.

'Je kijkt me verbaasd aan, kind,' merkte de dame in het lila op toen ze haar blik ving. 'Maar zo was het, ik heb bijna een jaar niet goed kunnen praten. Mijn lippen wilden de woorden vormen, maar er kwam steeds iets anders uit dan wat ik wilde zeggen – als de woorden me al te binnen schoten en het geen letterbrij werd. Om mijn kinderen niet tot last te zijn heb ik besloten naar een tehuis te gaan. Eerst vond ik het daar niet leuk, maar ik besloot de tanden op elkaar te zetten en me er hoe dan ook zonder woorden doorheen te slaan. Gelukkig waren er in het tehuis mensen die zich om me bekommerden, en mijn kinderen, die geschokt waren over mijn besluit, zorgden ervoor dat ik therapie kreeg om weer te leren spreken. Zoals je ziet met succes; af en toe vergeet ik nog wel eens een woord, maar dat gebeurt niet bijzonder vaak.'

'En toen u hersteld was, waarom bent u toen in het tehuis gebleven?' vroeg Anna, die ervan overtuigd was dat Lila van hen alle drie zich nog het best zelf zou kunnen redden.

'Tja, het is net als op school. De oudere kinderen laten je niet meespelen en de jongere willen ook niets van je weten. In het tehuis was ik eindelijk weer onder leeftijdgenoten en kon ik me weer jong voelen. Iets wat me in het echte leven al lang niet meer was gelukt.'

Ze glimlachte naar de twee anderen. 'En omdat ik vriendinnen heb gevonden. Ze zullen het wel niet toegeven, maar ik kan je zeggen, meisje, dat het geen toeval was dat we samen naar het toilet gingen en samen zijn vergeten. In ons tehuis hebben drie paradijsvogels elkaar ontmoet. Zoals je misschien is opgevallen, kleden we ons alle drie niet zoals van oude mensen wordt verwacht en we gedragen ons meestal ook niet zo. Strikt genomen verander je niet zo veel meer wanneer je oud wordt. Men vindt dat je moet veranderen, maar dat is verkeerd.'

Daarop viel een minutenlange stilte. Anna dacht aan mevrouw Hallmann en de brief die ze zojuist had gevonden. Waarschijnlijk stak in haar ook nog steeds de jonge Gertrud die blij was met brieven van haar jonge soldaat.

Toen dwaalden haar gedachten naar haar moeder. Wat zou er van haar worden als ze oud werd? Ondanks alle strubbelingen wist Anna zeker dat ze haar niet in een tehuis zou stoppen. En Gerd? Bij hem redde ze zich eruit met de gedachte dat dat niet haar taak was. Hij had een heleboel zussen en broers, bovendien had hij haar moeder, en op een dag zou Jonathan, zijn biologische zoon, ook volwassen zijn.

Om eerlijk te zijn vond Anna dat een hele belasting, want tot nog toe had ze er niet over nagedacht. Dat dat juist nu gebeurde, gaf haar een eigenaardig gevoel.

'Ik denk dat ik ons nog een rondje koffie moet bezorgen,' verbrak Lila gelukkig het zwijgen en ze stond op. De twee anderen knikten, Anna sprong ook op en pakte haar portemonnee. Ze kon toch niet op de zak van die aardige bejaarde dames teren...

'Misschien moest ik nu maar eens een rondje geven,' zei ze, maar de lila dame schudde haar hoofd.

'Nee, kindje, laat maar, jij bent een arme gestrande studente en je weet het met ons oude vrouwen uit te houden. Dan kunnen we je rustig een koffie of meer aanbieden.'

Voor ze kon zeggen dat ze deze keer geen alcohol in haar koffie wilde, was Lila al verdwenen.

14

Even later stond de tweede Irish coffee voor haar neus. Het alcoholgehalte kon je zo met je neus bepalen, maar inmiddels had de eerste koffie zijn uitwerking gekregen.

Omgeven door weldadige warmte vergat Anna uit te kijken naar een mogelijkheid om mee te rijden. Op de kunstleren bank en in aanwezigheid van de drie oude vrouwen voelde ze zich aardig prettig. Vergeten was haar vieze haar, en haar kleren waren zo langzamerhand ook droog geworden. De bruine vegen op haar jas zagen eruit alsof ze ze er alleen maar af hoefde te kloppen.

Glimlachend sloeg ze haar handen om het koffieglas met de laag slagroom erop. De warmte deed haar goed, en toen ze aan haar rietje zoog, had ze ook ineens geen last meer van de alcohol.

De drie vrouwen leek het net zo te vergaan. Zelfs Boterbloem zag er milder uit. Het puntje van de neus van Roos had een bij haar outfit passende roze kleur gekregen en Lila's blik verhelderde, alsof er net een prachtige herinnering bovenkwam.

'Waar zou u nu zijn als u met de bus was meegegaan?' hoorde Anna zichzelf vragen.

'Waarschijnlijk in bed,' antwoordde Boterbloem droogjes. 'Om morgenochtend weer uit mijn slaap te worden gehaald omdat je blijkbaar die of die pil beslist om half zeven moet innemen. Als ik nog thuis was, zou ik er tot negen uur in blijven liggen, er bij het ontbijt eentje opsteken en dan de televisie aanzetten.'

'Televisie krijg je bij ons ook!' merkte de rozendame met een schelms lachje op. Blijkbaar kende ze het antwoord al.

'Ja, inclusief louter ouwe mummies, die eruitzien alsof ze uit een Egyptisch museum zijn weggehaald en bij ons worden bewaard.'

'Je vergeet dat je zelf zo'n ouwe mummie bent!'

'Ik? Absoluut niet!' protesteerde Boterbloem.

'Jawel, je bent net zo goed een mummie als iedereen in het tehuis. Alleen een heel vitale mummie, dat moeten ze je nageven.'

De vrouwen keken elkaar aan en barstten toen in lachen uit.

'Is het niet vreemd dat je je eigenlijk helemaal niet oud voelt hoewel je dat bent?' wendde Lila zich tot Anna, die niet goed wist wat ze moest zeggen. 'Oké, ik geloof dat ik het aan de verkeerde vraag, maar kun je je voorstellen dat je een totaal ander mens wordt wanneer je op leeftijd komt?'

Anna dacht na. Dat ging na de flinke dosis alcohol in de tweede Irish coffee een beetje moeilijk, maar ten slotte kwam ze tot een conclusie. 'Ik denk niet dat ik totaal anders zou worden. In elk geval niet als ik dat kan voorkomen.'

'Juist!' zei Boterbloem. 'Laat je niet wijsmaken dat je, wanneer je oud bent, alleen nog maar steunkousen moet dragen, naar smartlappen luisteren of naar saaie televisieseries kijken. Je kunt ook wanneer je tachtig bent nog altijd felle kleding dragen, naar de Stones luisteren en naar actiefilms kijken.'

‘De Rolling Stones?’ informeerde Anna verrast.

‘Ik geloof niet bepaald dat ons meisje hier op de Stones gesteld is en met de Beatles hoef je bij haar ook niet aan te komen,’ nam Lila nu weer het woord.

‘Ach, wie luistert daar dan ook nog naar!’ zei Boterbloem met een afwijzend gebaar.

‘Omdat ik vermoed dat je vraag naar onze bezigheden zonder deze pech gericht was op wat wij met Kerstmis doen, begin ik even opnieuw,’ ging Lila handig op een ander onderwerp over voor ze zouden beginnen te ruziën over muzikale smaak.

‘Ik kan me het mooiste kerstfeest van mijn leven nog heel goed herinneren.’ Terwijl haar handen onbewust iets van haar servet vouwden wat eruitzag als een vogel, zwierf haar blik naar de verte tot ze uiteindelijk het deurtje in haar herinnering terugvond dat naar het gewenste beeld leidde. ‘Het was in 1957 en ik was hoogzwanger van mijn derde kind.’

‘O nee, niet weer!’ Boterbloem rolde geërgerd met haar ogen.

‘Maar het meisje hier heeft het verhaal nog niet gehoord, dus toon een beetje clementie,’ zei Roos vergoelijkend terwijl ze haar hand op de arm van haar buurvrouw legde.

‘Iedereen dacht dat het kind met Kerstmis ter wereld zou komen, ikzelf ook. De hele avond zat iedereen naar de ingepakte tas te kijken die al dagen voor me klaarstond. Mijn eerste twee kinderen waren toen vijf en zeven, en ik wist dat ze allesbehalve blij waren dat ze er een broertje of zusje bij kregen. Maar ik verheugde me erop en waarom dan niet een kerstkindje? Ik liet het aan de natuur over en zag het kerstfeest gelaten tegemoet, stond als altijd in de keuken en deed alsof het een doodnormale dag was. Tussendoor luisterde ik naar wat er in me gebeurde, vroeg het kind of het wilde komen maar het leek te slapen, dus maakte ik noedels en schoof de kip die ik van een boer had gekregen in de oven. We gingen aan tafel, aten en tot na de kerstcadeaus was alles in orde. De kinderen pakten hun geschenken uit en daarna werd er, zoals dat bij de meeste families gaat, gedoezeld tot het einde van de avond. Dat blijft me nog bespaard, dacht ik toen ik me net als mijn man aan de slaap wilde overgeven. Maar toen kondigde het kind zich ineens aan, vlak voor ik echt in slaap viel. Eerst dacht ik dat ik iets verkeerds had gegeten, maar mijn hart wist het beter dan mijn verstand.

Omdat mijn man bij een bevalling altijd veel erger opgewonden was dan ikzelf, had hij voorbereidingen getroffen voor in geval van nood en een man uit ons dorp gevraagd of hij ons als het zover was naar het ziekenhuis twintig kilometer verderop wilde brengen. Toen ik hem wekte, was hij meteen de kluts kwijt. Hij rende naar buiten zonder stevige schoenen aan te doen of een jas aan te trekken. Daar was nog tijd voor geweest, maar die wilde hij niet nemen. Een kwartier later was hij terug, man en auto had hij meteen meegebracht. Nou moet je bedenken dat het geen moderne auto was zoals die van tegenwoordig. Het was een bestelwagen die de buurman vlak na de oorlog had gekocht. Hij had hem honderden keren gerepareerd en tot dan toe had hij er nooit problemen mee gehad. Ik was niet bijzonder enthousiast, maar het waren toen andere tijden en we vertrouwden op de buurman, die zei dat zijn bestelwagen het zelfs tot Siberië zou halen. Ik keek nog even naar mijn kinderen, die heerlijk lagen te slapen, liet een briefje voor hen achter op de keukentafel en pakte mijn tas. De rit verliep een beetje hortend en stotend, maar daar lette ik niet op. Ik concentreerde me op de weeën, die steeds korter op elkaar kwamen, en verbaasde me dat het kind zo'n haast had. Mijn man merkte dat en spoorde de chauffeur aan. Daarnaast vertelde hij hem van alles en nog wat, over voetbal, de tuin, wat hij in huis allemaal wilde opknappen, wat hij in de zomer met de kinderen wilde doen. Hij ratelde maar door!

Maar daarmiddenin begon de auto te sputteren, er klonk een harde knal en hij stond stil. De man uit het dorp vloekte, ik kreunde, mijn man was lijkbleek. In de oorlog had hij als kind moeten aanzien hoe een vrouw een kind ter wereld bracht. Hij hield van kinderen, maar ze zelf halen? Dan had hij nog liever bij zwaar onweer tien rondjes in een meer gezwommen! Samen met de bestuurder probeerde hij de auto weer aan de praat te krijgen. Ik lag op de achterbank tegen de weeën te vechten. Daardoor merkte ik helemaal niet hoe erg het met de wagen was. Toen mijn man met een lang gezicht weer instapte en ik niet net door een wee werd gepijnigd, besefte ik dat er die nacht geen bestemming verder weg was dan het ziekenhuis.'

Anna begon zich af te vragen waarom die nacht dan de mooiste van haar leven was. Eigenlijk was het de lila dame net zo vergaan als haarzelf – alleen was zij niet zwanger en zat ze niet vlak voor de bevalling. Terwijl ze het lot er uitermate voor bedankte dat dat haar tenminste bespaard was gebleven, vervolgde de dame in het lila haar verhaal.

'Mijn man was totaal vertwijfeld. Ik op dat moment ook, maar de telkens beginnende weeën maakten mijn bezorgdheid betrekkelijk. Terwijl ik met gespannen spieren lag te wachten tot de pijn wegebde, vroeg ik me af of het mogelijk was het kind in de auto te krijgen. De chauffeur zou er beslist voor bedanken, maar wat moest ik doen? Buiten was het hartje winter!

"Hier vlakbij is een boerderij," zei onze chauffeur, die op een of andere manier mijn bedoeling moest hebben geraden.

"Daar hebt u tenminste een dak boven het hoofd." Hij zag mijn handen die in mijn buik klauwden en voegde eraan toe: "En als de kleine komt, bevriest die tenminste niet hier buiten."

Dat was beslist een goed argument, maar ik kon nauwelijks zitten. Hoe moest ik dan lopen? Ik wist maar al te goed dat zwangere vrouwen soms door te lopen het kind probeerden te laten komen. En mijn kind wilde al komen!

Er zat echter niets anders op. Toen ik enigszins stevig op mijn benen stond, liepen we in de richting die onze chauffeur had aangegeven. En dat bepaald niet op een schoongeveegde weg. We stapten over sneeuwhopen en door kuilen, omdat mijn man dacht dat dat minder gevaarlijk was. Wel raar als je bedenkt dat er toentertijd meer egels op straat waren dan auto's. Maar mijn man was wanneer ik zwanger was extreem voorzichtig en wilde in geen geval riskeren dat we zogezegd op de "valreep" van mijn zwangerschap op straat om het leven kwamen.

Als Maria en Jozef liepen we dwalend naar de hoeve. Telkens kwamen de weeën terug en ik vreesde al dat ik mijn kind in de sneeuw zou krijgen. Maar op een of andere manier haalden we het tot de hoeve, waar we aanklopten.'

'Alleen de ster van Bethlehem ontbreekt nog,' morde Boterbloem respectloos.

'Die was er die nacht niet, want de hemel was bedekt met dikke grijze wolken. Waaruit ook nog eens sneeuw begon neer te dwarrelen. Maar nu we toch aan het vergelijken zijn met het Bijbelverhaal: in eerste instantie waren we net zo onwelkom als die twee, want we waren nog niet de poort door of er klonk vreselijk geblaf. Een hond, waarvan we in het donker niet konden zien hoe groot hij was, maar die nogal gevaarlijk klonk, trok met volle kracht aan zijn ketting. Ik wilde al bijna rechtsomkeert maken en teruglopen naar de auto, want ik was panisch voor honden – dat ben ik nog steeds. Maar mijn man hield me bij mijn mouw vast en verzekerde me dat de hond me niets zou doen.

"Ik steek nog liever mijn arm in zijn bek dan hem jou te laten bijten!"

Dat was natuurlijk grootspraak, maar op dat moment voelde ik me op de een of andere manier geborgen. Misschien kwam het ook door de pijn, wie weet. Mijn man bracht me naar de deur, en ja, de ketting van de hond hield het, we werden niet gebeten.

De man die opendeed was stokoud, in elk geval leek dat toen zo. Hij keek ons duister aan terwijl op de achtergrond de hond nog steeds aan zijn ketting trok. Op dat moment wist ik niet wat me meer angst aanjoeg, de man of de hond. Maar dat was niet belangrijk meer toen er weer een wee inzette. Mijn man probeerde nog uit te leggen wat we op dat late uur op de hoeve kwamen doen, maar dat ik een kreet slaakte en in elkaar kromp zei alles. Zonder iets te zeggen zette de oude man de deur open en mijn man loodste me naar binnen.'

Het noemen van de oude man en het huis bracht Anna's herinnering aan de droom terug, die er eigenlijk de oorzaak van was dat ze hier zat.

'In elk geval bleek dat de oude man schaapherder was en ervaring had met verlossingen – tenminste, met die bij schapen. Dat had paniek bij me kunnen veroorzaken, maar mijn lichaam voelde aan alsof er minstens duizend rotjes in mijn buik zaten die allemaal tegelijkertijd afgingen. Geloof me, kindje, dan worden zo veel futiliteiten onbelangrijk. Ze loodsten me naar de logeerkamer van de oude man – ja, zoiets was er – waar ik me op het schoon opgemaakte bed kon uitstrekken. Omdat het niet mijn eerste bevalling was, wist ik ongeveer wat er te gebeuren stond – en uiteindelijk zou de natuur zich niet laten tegenhouden. Even later zette de oude man water op en hij bracht lappen en een laken. Mijn man zag nog altijd erg bleek, maar ook daar wist de schaapherder wel raad mee. Hij gaf hem een groot glas zelfgestookte brandewijn, in de wetenschap dat niet alleen de daaropvolgende hoestbui maar ook het alcoholgehalte ervoor zou zorgen dat hij niet van zijn stokje ging. Toen tikte hij me op mijn schouder. "Komt goed, meisje."

Die mededeling kon me niet echt opbeuren, maar erger nog dan het idee straks door een wildvreemde man te worden verlost, was de pijn die me teisterde. Bij de andere kinderen had het langer geduurd, maar deze hier leek niet meer te willen wachten. Ik rekende negen maanden terug en maakte in mijn hoofd een notitie nooit meer in maart seks met mijn man te hebben. Nou ja, strikt genomen had ik op dat ogenblik het vaste voornemen helemaal geen seks meer met mijn man te hebben, maar ik was dan ook bepaald niet volledig toerekeningsvatbaar.

De zelfgestookte brandewijn had mijn man behoorlijk goedgedaan. Nadat hij van de hoestbui was hersteld, onderging hij een verbazende verandering. Zijn wangen en het puntje van zijn neus kregen een roze kleur, zijn blik verhelderde en toen de schaapherder hem na zijn terugkeer duidelijk maakte dat hij hem moest assisteren, protesteerde hij met geen woord.

Ik voelde me echter steeds ongemakkelijker, en dat lag niet alleen aan de weeën of aan het feit dat ik voelde dat het zo meteen echt ging gebeuren. Ik zou mijn benen moeten spreiden voor de schaapherder. Bij mijn man had ik daar geen problemen mee, maar bij die oude man...

"Nou, kom op, meisje, stel je niet aan als een preutse

maagd," bromde hij toen hij dat doorkreeg. "Zoals het erin gekomen is, moet het er ook weer uit. En geloof me, ik heb wel meer dan dat gezien."

Dat klonk niet erg vertrouwenwekkend, maar wat moest ik anders? Ik bedankte voor zijn aanbod om ook een groot glas zelfgestookte brandewijn achterover te slaan en schikte me in mijn lot. Terwijl ik nu probeerde het kind uit me te krijgen, had ik het gevoel in een vreemd soort komedie te zitten. Het huis rook naar schapen, aan een waslijn boven mijn hoofd hingen de veelvuldig verstelde onderbroeken van de oude schaapherder en voor me zaten twee verwachtingsvolle mannen, de een wiebelend van de brandewijn, de ander nog altijd duister kijkend, maar dat was gewoon omdat hij niet anders kón kijken. Tja, en op een gegeven moment kwam het kind.' Ze zweeg even om de anderen in de gelegenheid te stellen haar in gedachten te volgen – of weer wakker te worden, want Boterbloem produceerde tussendoor duidelijk snurkgeluiden. Toen zei ze: 'En geloof het of niet, op het moment dat het kind op mijn buik werd gelegd, kon het me niks meer schelen dat een vreemde man aan de navelstreng zat te frummelen, dat ik in een hok vol onderbroeken lag en dat mijn man van misselijkheid inmiddels bijna van zijn stoel viel. Ik had mijn beloning voor alle ontberingen ontvangen. En op een gegeven moment verscheen onze buurman en die bracht me met zijn weer tot leven gewekte auto naar het ziekenhuis.'

Dat was me een verhaal! Anna was behoorlijk onder de indruk en vroeg zich af welke beloning zij aan het eind van haar odyssee zou krijgen. Geen baby, maar misschien wel een beetje vrede en een fijn kerstfeest. Was er iets wat zij daarvoor kon doen? Maar wat dan? Ze had al door sneeuw geploeterd, en wie weet lag er nog zo'n noodgedwongen mars in het verschiet.

Ze zat een tijdje te piekeren tot de weer ontwaakte Boterbloem haar onzacht uit haar emotionele stemming haalde.

'Ach die ouwe koek! Als je dit in het tehuis nog een keer vertelt, ga ik plakband halen, daar kun je van op aan.'

'Zoals ik al zei, hebben we hier een nieuwe toehoorder. Jou, ouwe knorrepot, zal ik dit verhaal nooit meer vertellen, ook niet wanneer je alzheimer krijgt en het weer vergeet.'

'Poeh, alzheimer is net zo bang voor mij als de zusters!' repliceerde Boterbloem en ze dronk haar koffieglas, waar nog een restje in zat, in één teug leeg.

'Mijn mooiste kerstfeest was dat van 1944, of jullie het geloven of niet,' gaf de rozendame met zachte stem te kennen om de opkomende onenigheid in de kiem te smoren. 'Natuurlijk, het was oorlog, en Hamburg was net gebombardeerd. Mijn moeder en ik hadden een kelder gevonden waarin we met mijn kleine zusje en broertje onze intrek hadden genomen. Bovendien was er vlakbij een schuilkelder voor bij een luchtaanval – kortom, het leek een ideaal onderkomen. Maar we waren er zeker van dat we dat jaar geen kerstboom zouden hebben. Aan cadeaus of kerstgebraad dachten we allang niet meer. Maar die kerst had mijn moeder haar zinnen erop gezet ondanks alles haar fameuze maanzaadballetjes te maken; het recept stamde nog van haar grootmoeder uit Silezië. Dus stuurde ze me naar een kennis aan de andere kant van de stad, van wie ze niet alleen wist dat haar huis er nog stond, maar dat ze bovendien een grote voorraad maanzaad in haar kelder had. Ik trok mijn jas aan en ging op pad. Onderweg kwam ik langs een heleboel ruïnes waarin mensen bruikbare spullen zochten. In enkele straten ruimden mannen onder toezicht van een paar nazi's het puin van de straat. Kinderen klommen rond over de puinhopen.

Omdat er nog maar af en toe een tram reed, haastte ik me

om zo vlug mogelijk bij tante Hilde, zoals ik haar noemde, te komen. De vrees voor een volgende luchtaanval achtervolgde me. Wat moest ik doen als de bommenwerpers terugkwamen? Wat zou er dan van mijn moeder en zusje en broertje terechtkomen?

Ik speurde de hemel af, waaraan zware sneeuwwolken hingen, maar kon geen vliegtuig ontdekken. Achteraf een nogal kinderlijke actie, want als er vijandelijke bommenwerpers in aantocht waren, hoorde je ze al van verre. Wanneer je ze zag, was het al te laat.

Onderweg naar tante Hilde kwam ik ook langs ons vroegere huis. Op die plaats lag een grote hoop stenen, zwartgeblakerd. Het werd me zwaar om het hart want ik herinnerde me de kerstdagen die ik er had doorgebracht, de maanzaadballetjes, de kerstliedjes en de geur van dennentakken. Ik dacht aan mijn vriendinnen die, als ze tenminste nog leefden, over de hele stad verspreid waren. En ik dacht ook aan onze buren. Het was raar. Je maakte je bezorgd om mensen die je voor een deel niet eens echt mocht – alleen maar omdat ze in hetzelfde pand, in hetzelfde blok hadden gewoond.

Even verder dook er ineens een man uit de puinhopen op. Het was een nogal verfomfaaide verschijning met zijn armoedige jas en platte pet. Zijn hele kledij was nog slordiger dan wat de mannen indertijd gewoonlijk aanhadden – na de oorlog en de aanvallen was dat al van minder allooi.

Natuurlijk boezemde die gedaante me angst in, het liefst was ik omgedraaid, maar toen zei ik tegen mezelf dat hij alleen maar een van die arme zielen was die nu niet eens meer een kelder hadden. Waarschijnlijk zou de man me voorbijlopen en zou ik hem weer vergeten.

Maar hij liep niet voorbij.

"Hé, meisje!" riep hij terwijl hij naar me wenkte. Ik aarzelde. Mijn moeder had me ingeprent niet met vreemde mannen mee te gaan. Hoewel ik met mijn twaalf jaar geen klein kind meer was, gaf ik daar gevolg aan en bleef uit de buurt. Maar de man, die zijn arm in een draagband droeg, keek me zo smekend aan dat ik niet anders kon.

"Ja?" vroeg ik, maar ik spande mijn spieren voor het geval dat hij me wilde pakken. Op school noemden ze me altijd "de hazewind" omdat niemand harder kon rennen dan ik.

"Kun je me zeggen waar ik de familie Kahl kan vinden?" vroeg hij met een wanhopige uitdrukking in zijn ogen. "Ik ben al bij hun huis geweest, maar dat is alleen nog maar een ruïne."

Nu waren er veel Kahls in Hamburg. Welke Kahl bedoelde hij dan precies?

Die vraag stelde ik hem, waarop hij begon te vertellen dat zijn vrouw drie kinderen had, de oudste dochter heette Waltraud. Ik verstijfde toen ik dat hoorde. Mijn ogen zochten zijn gezicht. Ik moet toegeven dat ik daar afgezien van een snelle blik niet echt op had gelet. Wat ik nu zag, was bijzonder beangstigend.

"Ik ben Waltraud Kahl," antwoordde ik schuchter en ik kon niet geloven dat het mijn vader was tegenover wie ik stond. Ik had hem voor het laatst gezien in 1939, toen hij het leger in was gegaan. Hij was een hele tijd vermist geweest, sinds 1942 hadden we geen bericht meer van hem gehad. Mijn moeder deed tegenover ons alsof ze nog hoop koesterde, maar ik vreesde dat ze allang dacht dat hij dood was.

En nu stond hij daar. Of deed althans alsof hij het was. Was hij het echt? Ik keek hem indringend aan, zag hoe hij met zichzelf worstelde.

Toen sprongen de tranen hem in de ogen en vertroebelden zijn blauwe irissen. "Waltraud?" vroeg hij, alsof hij het niet goed had gehoord. "Waltraud, geboren op 3 april 1932?"

Ik knikte.

"Ik heb je bij mijn afscheid een houten paardje gegeven, weet je nog?"

En of ik dat wist.

Toen ik knikte trok hij me onstuimig in zijn armen, zonder dat ik me ertegen kon verweren. Maar mijn hart zei me dat ik, die eigenlijk alleen maar wat maanzaad voor de balletjes hoefde te halen, mijn vader had gevonden.

"Waar wonen jullie nu?" vroeg hij, en ik noemde hem het adres, dat eigenlijk niet een echt adres was, want de kelders hadden geen huisnummers.

"En waarom ben je niet thuis?"

"Omdat ik maanzaad moet halen bij tante Hilde."

"Hilde Brockmann?"

Mijn vader herinnerde zich mijn moeders vriendin nog. Dat was een goed teken.

"Ik ga met je mee," bood hij aan en hij stak zijn hand naar me uit.

Ik schudde mijn hoofd. Ik was toch geen peuter meer!

Mijn vader vergezelde me dus en samen liepen we door de stad.

Natuurlijk twijfelde ik ondertussen flink. De man kon wat hij me verteld en gevraagd had van mijn vader hebben gehoord.

Telkens weer bekeek ik hem kritisch. Ik zocht naar gelijkenissen met de foto die mijn moeder op haar nachtkastje had staan. En inderdaad vond ik een paar overeenkomsten. De welving van zijn wenkbrauwen, zijn markante neus... En ook de ogen leken op die van de foto, maar alleen wat de vorm betrof. Om een of andere reden was de vreugde eruit verdwenen. En om dezelfde reden waren zijn betraande wangen hol geworden, zat zijn huid strak over zijn schedel en was zijn haar grijs geworden.

Maar toch, stel dat hij het niet was? Stel dat een dubbelganger ons gezin probeerde binnen te dringen?

Het huis van tante Hilde was bij de laatste luchtaanval ook een beetje beschadigd, maar het was nog stevig genoeg om erin te kunnen blijven wonen. De lange scheur in de muur was verontrustend, maar tante Hilde zei altijd: "Dat repareren we wel weer wanneer het allemaal voorbij is."

Toen ik aanbelde, vroeg ik me af of zij met zekerheid zou kunnen vaststellen of deze man, die mijn naam kende en tot wie ik me aangetrokken voelde, echt mijn vader was.

Ze deed open, verstijfde, keek aanvankelijk nors, en toen, alsof ze zich ineens iets realiseerde, werden haar ogen groot.

"Hemeltjelief!" riep tante Hilde uit en ze sloeg haar hand voor haar mond. "Herbert! Je leeft nog!"

Mijn vader knikte. Ja, nu had ik zekerheid dat het mijn vader was en ik schaamde me een beetje dat ik niet mijn hart had gevolgd.

Tante Hilde viel hem om de hals en ik vroeg me af of ze het vroeger al goed met elkaar hadden kunnen vinden of dat eventuele onenigheid door de oorlog onbelangrijk was geworden. Ze noodde ons allebei binnen en behalve het maanzaad, dat ik natuurlijk van haar kreeg, schraapte ze nog wat restjes koffie bij elkaar en diepte nog wat scheepsbeschuit op dat ze van een legertransport gebietst had. Bijna twee uur hield ze ons vast en liet ze mijn vader zijn hele verhaal vertellen. Wat er sinds zijn verdwijning was gebeurd en hoe hij uiteindelijk gedeserteerd was en langs enorme omwegen weer naar Hamburg was teruggekomen, dat was op dat moment veel te veel voor mijn nog niet volledig ontwikkelde verstand. Terwijl de woorden langs me heen gingen, zat ik me af te vragen wat mama zou zeggen, en wat papa tegen zijn jongste kind, mijn broertje Richard, zou zeggen, want die was geboren toen hij alweer aan het front was.

Dus zat ik te popelen tot tante Hilde ons weer liet gaan, helemaal omdat het al donker begon te worden en mijn moeder zich vast zorgen om me zat te maken.

Toen ze eindelijk afscheid van ons nam, gloeide mijn gezicht en mijn hart bonsde van opwinding. Ik liep met grote stappen vooruit, vol voorpret om het gezicht van mijn moeder. Het zou beslist een schok voor haar zijn, maar bestond er een mooier kerstcadeau dan dit?

Natuurlijk begon mijn moeder aan een stevige donderpreek zodra ze me zag, maar toen kreeg ze de man achter mij in de gaten. In tegenstelling tot mij twijfelde ze geen moment, ze herkende mijn vader, dat zag ik aan haar ogen. Maar waar was de vreugde? Ze leek eerder verschrikt! Had ze dan echt gedacht dat hij nooit meer terug zou komen?

Secondenlang keken ze elkaar aan. Ik verwachtte dat mijn vader teleurgesteld zou zijn door de allesbehalve hartelijke verwelkoming door mijn moeder, maar dat was niet het geval. Hij leek niet anders verwacht te hebben.

Ten slotte schoten mijn moeder de tranen in de ogen. "Al die jaren," fluisterde ze. "Ik dacht dat je dood was."

En hij antwoordde zachtjes: "De afgelopen jaren heb ik me menigmaal ook dood gevoeld. Op zulke momenten dacht ik aan jullie, aan jou en Waltraud en mijn jongste dochter. En Traude heeft me daarnet verteld dat ik dus ook een zoon heb."

Dat brak het ijs. Snikkend liep mijn moeder naar hem toe en omarmde hem. Nu barstte ook hij in tranen uit, en zo hielden ze elkaar een hele tijd vast.

Dat jaar vierden we kerst als nooit tevoren, hoewel mijn vader moest oppassen. Hij was weggevlucht uit zijn regiment en in de stad maakte de militaire politie jacht op deserteurs. Maar nog geen jaar later was het met de vervolging gedaan – precies zoals ik in de kerstnacht had gewenst. En ik had het allermooiste cadeau ter wereld gekregen.'

Anna pinkte een traantje weg. Dit verhaal had haar nog meer aangegrepen dan dat van de lila dame. Bovendien paste wat zij had verteld heel goed bij de brief die ze gelezen had. Zou ze mevrouw Hallmann ernaar kunnen vragen wanneer ze weer in Leipzig was? Of zou ze daarmee alleen maar oude wonden openhalen? Had ook zij misschien een verhaal te vertellen? Of dat nu goed of slecht afliep maakte niet uit...

'Hoe zit het met jouw kerstfeesten?' wendde Lila zich nu tot Boterbloem. Die trok een gezicht alsof ze elk moment kon gaan huilen. Ze kende de tijd waarover haar vriendin had verteld beslist ook. Wat kon er toen gebeurd zijn waardoor ze ineens zo ontredderd keek?

'Ach, dat interesseert toch niemand,' wimpelde ze het af. 'Jullie hebben het meisje al genoeg verveeld.'

'Nou, ik zou echt heel graag horen wat uw mooiste kerstfeest was,' zei Anna vlug. 'En de verhalen hebben me tot nu toe absoluut niet verveeld. Ze lijken een beetje op de verhalen die ik van mevrouw Hallmann hoor.'

'Woont ze in Berlijn?' vroeg Roos, waarop Anna haar hoofd schudde.

'Nee, in Leipzig. Ik zorg voor haar omdat haar kinderen ver weg wonen. Ze wil niet naar een tehuis, dus doe ik voor haar de boodschappen.'

'Die mevrouw Hallmann heeft echt enorm geluk,' was de reactie van Boterbloem en even was de wrevel over het feit dat ze in het tehuis was geplaatst haar weer aan te zien. 'Zo'n aardig meisje als jij dat voor me zorgt, had ik ook graag gehad. De zusters zijn altijd zo kwaaiig.'

'Je zou haar alleen maar irriteren,' zei de dame in het lila.

'Ik ben alleen maar irritant tegen degenen die zich ook irritant tegen mij gedragen. Die zusters verdienen niet anders.'

Boterbloem zuchtte, toen zei ze: 'Als ik er nog eens naar kijk, waren er voor mij geen fijne of vreselijke kerstfeesten. Ik kan niet zeggen dat het ene mooier was dan het andere. En de vreselijke waren allemaal op hun manier vreselijk, maar dat kun je niemand vertellen.'

'Dat geloof ik niet,' zei Waltraud, de rozendame. 'Dat je geen mooiste kerstfeest hebt gehad. Je wilt er alleen niet over praten.'

Boterbloem perste haar lippen op elkaar. Een psycholoog zou daaruit vast hebben opgemaakt dat Roos gelijk had.

'Goed, goed, dan vertel ik wel wat,' zwichtte ze uiteindelijk met een zucht. 'Jullie zouden me toch niet met rust laten. En bij het meisje wil ik ook niet als een saaie tante overkomen.'

Ze ging recht op haar stoel zitten, keek naar links en naar rechts, alsof ze zich ervan wilde vergewissen dat er verder niemand meeluisterde, en begon te vertellen.

'Het kerstfeest dat ik achteraf voor het mooiste houd, was dat van 1992. De kinderen weigerden dat jaar naar me toe te komen omdat er vlak voor de kerst vreselijke ruzie was geweest.'

'Maar hoe kan dat dan je mooiste kerstfeest zijn geweest?' vroeg Lila verwonderd. 'Dat klinkt toch vreselijk!'

'Dat was het op de lange termijn ook. Mijn zonen hebben onze kleinkinderen daarna systematisch bij ons weggehouden. Mijn man heeft indertijd geprobeerd het bij te leggen, maar mijn jongens hebben mijn koppigheid geërfd en er bleef radiostilte. We stelden ons erop in dat we maar met zijn tweeën kerst zouden vieren en toen kwam mijn man ineens op het idee om weg te gaan.

"In de krant las ik iets over lastminuteaanbiedingen," zei hij enthousiast. "Laten we gewoon op reis gaan."

"Waarheen dan?" vroeg ik.

"Dat maakt toch niet uit!" antwoordde hij grijnzend en daarmee was het besluit genomen. We pakten onze koffers in, haalden de oude wereldbol tevoorschijn en probeerden ons mentaal op de reis voor te bereiden – waar die ook heen mocht gaan. Mijn man zou het liefst naar Afrika zijn gevlogen, maar zelfs als we een vliegtuig daarnaartoe hadden kunnen krijgen zou dat ons vakantiebudget te boven zijn gegaan. Dus beperkten we ons tot Spanje, Frankrijk en Italië, inclusief de eilanden daar in de buurt.

Dat lieten we onze zonen natuurlijk weten, hoewel ik vond dat het geen kwaad kon als ze zich eens zorgen om ons zouden moeten maken. Ze zouden zich toch niet vertonen en kerstcadeaus gaven we elkaar ook allang niet meer.

Op 23 december begaven we ons naar het vliegveld met tickets voor Lanzarote op zak.

Bij de loketten van de luchtvaartmaatschappijen stonden lange rijen. Mijn man verkeerde lichtelijk in paniek, hij was bang dat we niet op tijd klaar zouden zijn voordat het vliegtuig vertrok.

"Maar Heinz," zei ik tegen hem, "we zijn hier twee uur van tevoren, dat vliegtuig halen we heus wel."

Toen waren we eindelijk aan de beurt. De jonge grondstewardess lachte ons vriendelijk toe en vroeg om onze reservering.

"Oma! Opa!" klonk er plotseling een stem.

Verschrikt draaide ik me om. En inderdaad zag ik achter me mijn kleindochter Mia, die met een rugzak om kwam aanlopen.

"Wat doe jij nou hier?" vroeg mijn man verbluft toen Mia hem om de hals viel.

“Ik ben weggelopen,” zei onze kleindochter terwijl ze zich daarna tegen mij aandrukte. “Ik hield het thuis niet meer uit, mot met papa.”

Mijn zoon had echt talent om de kerst van zijn familie te vergallen.

“Ik wilde eigenlijk naar jullie toe gaan, maar toen zag ik de kaart die jullie naar papa hebben gestuurd. Dat jullie op reis gingen en zo. En toen bedacht ik dat ik voor jullie vertrek nog even naar het loket kon komen.”

“Dat is heel lief van je,” zei ik, niet minder beduusd dan mijn man. De heimelijke blijdschap over het feit dat ze de voorkeur gaf aan ons boven haar ouders, voelde ik pas later. “Maar wat wil je nu dan doen?” Mia was toen pas veertien en had eigenlijk niet genoeg geld om naar een hotel of zoiets te gaan.

“Geen idee, maar ik heb jullie tenminste gevonden!”

“Eh, pardon, ik heb uw handtekening nodig,” zei de dame van de luchtvaartmaatschappij.

Toen kreeg ik een idee. Eigenlijk het meest voor de hand liggende. Achter ons klonk gemopper. “Andere mensen willen ook nog geholpen worden.”

Ik had het liefst iets onbeleefds gezegd, maar ik hield mijn mond en wendde me met mijn beste omaglimlach tot de grondstewardess.

“Pardon, juffrouw, het spijt me dat ik u zo veel last bezorg, maar is er misschien nog een derde plaats vrij naar Lanzarote? Mijn kleindochter wil het eiland vast ook graag eens zien.”

Mia’s mond viel open, de grondstewardess liet zich door mijn zachte kant inpakken en even later waren we op weg naar ons vliegtuig.

Het kerstfeest op Lanzarote was het beste dat ik ooit had meegemaakt. We hebben op het strand naar de zonsondergang liggen kijken en daarna in een restaurant gegeten. Als het een heel normale kerst was geworden, had ik waarschijnlijk de hele dag in de keuken gestaan en op het laatst weer ruziegemaakt met mijn zonen. Met Mia was het allemaal zo ontspannen, ze is echt een lief meisje. Misschien mag ik haar alleen maar omdat ze op me lijkt. Op een of andere manier moeten mijn genen zijn doorgegeven.' Er gleed een glimlach over Boterbloems gezicht, die Anna duidelijk maakte dat het niet alleen aan hun innerlijke gelijkenis lag dat ze elkaar mochten. Blijkbaar hield de oude vrouw echt heel veel van haar kleindochter. Bestond er iets mooiers?

Tegelijkertijd sloop een slecht geweten Anna's gedachten binnen. Verging het haar moeder misschien net als de boterbloemdame? Ervoer ze het zwijgen, het wegblijven en het geruzie als een belasting? Wanneer zou ze ophouden van haar te houden? Bij Boterbloem was duidelijk dat ze haar zonen alleen nog uit gewoonte zo noemde, maar verder waren ze vreemden voor haar geworden. Was het bij haar moeder misschien ook al te laat? Ineens werd Anna vreselijk bedroefd. Hoe had het zover kunnen komen? Ze had altijd van haar moeder gehouden, ja ze hield nu ook nog van haar. Maar ze kon het niet verkroppen dat ze haar vader simpelweg door Gerd had vervangen. Gerd, die niet van boeken hield, graag in joggingbroek rondliep en van Jonathan een 'echte man' probeerde te maken. Zou dat zich ooit normaliseren?

'Bestaat er hoop dat u weer een normale relatie met uw zonen krijgt?' vroeg Anna, stiekem bijna uit eigenbelang, omdat ze voelde dat haar verstand langzamerhand het gevecht met haar vermoeidheid begon te verliezen. Slechts vaag drong tot haar door dat de wijzers van de klok tussen drie en vier uur aangaven. Eigenlijk had ze al lang moeten proberen verder te komen...

'Je moet nooit de hoop verliezen, toch?' zei Boterbloem een beetje spottend. 'Mijn relatie met mijn kleindochter is in elk geval goed als vanouds, ze komt elke week op bezoek en geneert zich er niet voor om met een oude vrouw te gaan wandelen. En me tips te geven hoe ik de zusters nog meer op stang kan jagen. Om eerlijk te zijn ben ik daar inmiddels tevreden mee. Ik ben niet meer alleen, niet in het tehuis en ook niet wat mijn familie betreft, mijn kleindochter zal voor me zorgen en ik weet dat ze er zal zijn als het einde in zicht komt.'

'Maar daar moet je nog niet aan denken,' zei de rozendame en ze legde haar hand op Boterbloems arm. 'We zijn er nog en we zullen een kerstfeest vieren zoals we nog nooit hebben meegemaakt.'

'En hoe zit het met jouw mooiste kerstfeest?' richtte de lila dame zich tot Anna, maar die hoorde het al niet meer. Ze was tegen de rugleuning gezakt en snurkte zachtjes.

15

Toen Anna uit haar gesluimer ontwaakte, was het buiten al licht.

'Goedemorgen!' verwelkomde de vrolijke stem van de rozendame, die eigenlijk Waltraud heette, haar, wat Anna deed beseffen dat de ontmoeting van de afgelopen nacht geen droom was geweest. 'Heb je zin in koffie? Gunda en Beatrix zijn naar het toilet, ik heb gezegd dat ik wel op jou zou passen.'

Anna ging overeind zitten, gaapte flink en wreef de slaap uit haar ogen. Toen drong tot haar door dat het vandaag 24 december was – en dat ze nog altijd in dat godverlaten wegrestaurant zat.

'Hoelang heb ik geslapen?' vroeg ze een beetje benepen.

'Ach, nog geen zes uur,' antwoordde Waltraud.

'Zes uur!' Anna's blik zocht de klok boven de toonbank. De wijzers bewogen zich in de richting van tien uur. Was het echt maar zes uur geweest?

Nooit meer Irish coffee, dacht ze terwijl ze met haar hand over haar gezicht wreef en een spoortje opgedroogd spuug van haar wang krabde.

'Ja, wel zes uur. Misschien ook zeven. Ik elk geval heb je een flinke dosis slaap gehad.'

‘Maar… ik moet toch verder. Naar huis…’ Anna liet haar blik door de ruimte gaan. Vreemd genoeg was het wegrestaurant nog leger dan de afgelopen nacht. Waarschijnlijk zijn ze nu allemaal thuis, dacht ze, zetten de kerstboom op en koken karpers blauw.

Irritatie bezorgde haar een steek in haar maag. ‘De touringcar heeft nog niet gemerkt dat jullie ontbreken, klopt dat?’ vroeg ze. En ze vervloekte in stilte de leiding van het tehuis, die niet geïnteresseerd was in de oude dametjes. Hoe was zoiets toch mogelijk in dit land!

‘Nee, dat hebben ze vast nog niet. En omdat we geen mobieltjes hebben, kunnen ze ook geen contact met ons opnemen.’ De rozendame glimlachte daarbij vergenoegd, ze leek er bepaald niet rouwig om te zijn. ‘Maar op een of andere manier komen we wel weer thuis. Bovendien hebben we hier alles wat we nodig hebben. Geloof me, in de oorlog was het erger. Er is hier eten, er zijn toiletten en je kunt hier slapen. En het restaurant gaat niet dicht. Over ons hoef je je geen zorgen te maken.’

De rozendame liet haar blik ronddwalen, toen maakte ze een hoofdbeweging over Anna’s schouder.

‘Misschien moet je het die man daar vragen, hij ziet eruit alsof hij elk moment weer kan opbreken. Misschien neemt hij je mee, veel mogelijkheden om een andere weg te nemen heeft hij aan deze kant van de snelweg niet.’

Anna keek om zich heen en zag de trucker, een man van midden veertig met dun licht haar en een flinke snor die een beetje uit vorm begon te raken. Hij wekte niet een bijzonder frisse indruk, maar leek op het punt te staan te vertrekken zodra hij klaar was met ontbijten. Zijn truck was op dat moment de enige op de parkeerplaats. De witte opdruk op een blauwe ondergrond was gedecoreerd met een kleine wereldbol en was van een Pools klinkend transportbedrijf.

Anna zag in dat ze geen andere keus had als ze vlug weg wilde komen.

'Eh, pardon...' begon ze, waarop de man haar verbaasd aankeek. Verstond hij haar misschien niet? Helaas kende ze geen Pools, maar misschien kon ze het met Engels proberen?

Voor Anna haar vraag in het Engels kon stellen, vroeg hij: 'Wat ik kan doen voor jou?'

'Komt u toevallig langs Berlijn?'

'Je wil meerijden?' vroeg de man en hij beet gulzig in het belegde broodje dat hij bij de toonbank had gekocht.

'Ja, als u me kunt meenemen?'

O man, dacht Anna in stilte, als ik dat aan mijn moeder vertel, zal ze net zo'n tirade tegen me afsteken als die keer dat ik voor het eerst naar de Oostzee ben gelift.

'Goed, kom maar mee. Ik naar Dresden gaan, dan ook langs Berlijn rijden. Maar opschieten, ik heb niet veel tijd.'

Dat heb ik ook niet, dacht Anna terwijl ze een zucht van verlichting slaakte. En als hij een zedendelinquent is, kan ik hem nog altijd z'n vet geven, zei ze bij zichzelf.

'Heel erg bedankt, ik ga alleen even mijn koffer halen.'

'Haasten jij, ik niet veel tijd.'

Anna knikte en liep naar het bankje. Intussen waren de andere twee dames weer teruggekomen.

'Zo te zien is het gelukt,' constateerde de rozendame. Omdat de anderen niets vroegen, moest ze hen al geïnformeerd hebben.

'Ja, hij wil me meenemen,' antwoordde Anna, maar haar lichte blijdschap werd meteen door een slecht geweten aangeknaagd. 'Maar hoe moet het nu met jullie? Kunnen jullie het tehuis op een of andere manier bereiken? Ze kunnen toch een auto sturen om jullie af te halen?'

Het drietal keek elkaar samenzweerderig aan.

'De vraag is alleen...' begon de lila dame, en Boterbloem vervolgde: '... of we het tehuis wel wíllen bereiken.'

'Dat begrijp ik niet,' zei Anna, waarop de rozendame zei: 'Nou, denk eens na, kindje, hoe ziet het kerstfeest in het tehuis eruit? We zullen met de anderen bij elkaar zitten, naar saaie televisieprogramma's kijken en uiteindelijk met z'n drieën ergens heen verdwijnen. Niet dat het laatste niet interessant zou zijn, het wordt erg leuk wanneer we ons aan de voorraden in de keuken vergrijpen en daarna insulinebingo spelen.'

'Insulinebingo?' Anna wist nu al dat ze de oude dames op haar verdere reis zou gaan missen. Mevrouw Hallmann zou ze ook leuk hebben gevonden.

'Ja, we vergelijken op kerstavond onze bloedsuikertesten. Wie de hoogste waarde heeft, is de winnaar.'

'En wie het voor elkaar krijgt de zusters met haar waarde flink te laten schrikken, krijgt extra punten!' merkte Boterbloem op.

'Maar jullie kinderen? Die komen toch zeker op bezoek?' vroeg Anna zonder een licht gegrinnik te kunnen onderdrukken.

'Ja, die komen een paar uurtjes naar het tehuis, het ene gezin na het andere, of tegelijkertijd,' antwoordde Waltraud. 'Maar geen van onze spruiten is ooit op het idee gekomen ons daar weg te halen.'

'Vooral die van mij niet,' voegde Boterbloem, die Gunda of Beatrix heette, er venijnig aan toe. 'Afgezien van Mia, maar die heeft een veeleisende baan en ik wil niet van haar vergen dat ze met een oude vrouw als ik gaat rondtobben. Het is voor mij genoeg als ze regelmatig langskomt.'

'In het begin waren we natuurlijk behoorlijk boos dat ze

ons vergeten hadden,' zei Lila die niet van haar kinderen wilde verlangen dat ze haar kwamen halen. 'Strikt genomen is het een reden om te overwegen naar een ander tehuis te verhuizen. Maar we hebben veel te veel lol met elkaar en reken maar dat we daar zullen blijven.'

'Hé, meisje, jij komen, ik moet weg!' klonk de stem van de Poolse trucker door de ruimte.

'Ik kom eraan!' riep Anna en ze gaf alle drie de vrouwen een hand.

'Het was een groot plezier u te leren kennen. Misschien zien we elkaar ooit nog eens terug.'

'Als we allemaal onze ogen openhouden, vast wel,' antwoordde de rozendame en ze omhelsde haar. Dat deden ook de anderen, Boterbloem een beetje stug, maar dat lag in haar aard en het betekende niet dat ze Anna niet mocht.

Nog eenmaal zwaaide Anna naar hen, toen greep ze haar trolley en liep haastig naar de deur.

16

De sneeuwlaag was hoger geworden. Aan de rand van de parkeerplaats zag Anna een kleine sneeuwruimer, die nauwelijks tegen de witte massa's op kon. Even vroeg ze zich af of Karl Hansen en zijn collega heelhuids thuis waren gekomen. Toen maande de trucker haar alweer haast te maken.

'Moet me aan tijdschema houden,' verklaarde hij de grote passen waarmee hij vooruitliep naar zijn vrachtwagen. 'Ik niet op tijd aankom, bedrijf krijgen boete. Trekken ze van mijn loon af.'

Anna herinnerde zich vaag een nieuwsbericht dat ging over de druk die op vrachtrijders werd uitgeoefend. Blijkbaar was dat echt waar.

Moeiteloos klom de man de cabine van zijn voertuig in en boog zich daarna opzij om Anna's portier open te maken. 'Mij koffer geven, dan gewoon klimmen,' zei hij en hij stak zijn hand uit.

Anna hield haar trolley omhoog en verbaasde zich dat de man hem zo moeiteloos aanpakte.

Binnen in de vrachtwagen rook het naar chips, cola, leer en olie. Er was ook een tamelijk oude deken, maar dat negeerde Anna. Ze was immers niet van plan hier haar intrek te nemen.

'Ik ben Jaroslav trouwens,' zei de trucker terwijl hij haar zijn hand toestak zodra ze haar gordel had omgedaan.

'Anna,' zei ze terug. 'Nogmaals erg bedankt dat u me wilt meenemen.'

Jaroslav maakte een afwijzend gebaar. 'Geen probleem. Plaats is vrij, en beter als iemand meerijdt.'

Toen de truck naar de uitrit toe reed, schoot er een sneeuwruimer met knipperende zwaailichten langs. Er knalden wat zoutkorreltjes tegen de carrosserie en de ruiten, maar dat deed de reus niets. Toen ze op de snelweg aankoersten, keek Anna onwillekeurig uit naar de student van gisteravond. Zou hij het nog gered hebben? Of zou hij terug naar Rostock zijn gesleept? Van een wagen langs de kant van de weg was in elk geval niets te bekennen.

'Jij van muziek houden?' vroeg Jaroslav nu terwijl hij de radio aanzette. De zender waarnaar ook Marko had geluisterd, leek hem niet te bevallen, want zodra de eerste maten klonken begon hij al naar een andere te zoeken. 'Verplaatst zich altijd,' mopperde hij. 'Zender hier te sterk. Maar ik krijg wel voor elkaar.'

Na een paar ogenblikken vond hij wat hij zocht.

Het was Anna een raadsel hoe de truck een Poolse radiozender kon ontvangen, maar ze genoot ervan dat ze de aankondigingen nu eens niet kon verstaan.

De Poolse muziek vond ze verfrissend.

Terwijl de weg onder hen door vloog, liet Anna haar blik door de cabine dwalen. Daarbij bleef ze steken bij een aantal foto's waarop verschillende mensen stonden. Waarschijnlijk zijn gezin. Zijn gezin, waar hij niet bij kon zijn omdat in Duitsland allerlei mensen levensmiddelenwinkels zo zwaar plunderden dat ze rond de kerst weer bevoorraad moesten worden.

'Dat mijn kinderen zijn, Milena, Janka en Nina,' zei Jaroslav toen hij zag waar ze naar keek en hij gaf haar trots een van de foto's aan. Er stonden drie meisjes van verschillende leeftijden op, twee blond, één roodharig. Ze grijnsden alle drie breed naar de camera. Anna schatte dat de oudste zeven of acht was, de andere twee telkens twee of drie jaar jonger.

'Erg lieve meisjes. Milena is beste van school. Ook de anderen erg lief.' Hij pakte een andere foto en wees haar op een aantrekkelijke vrouw met donker haar, die met mooie fonkelende kattenogen in de camera keek. 'Dat mijn Theresa. We zijn al negen jaar getrouwd.'

Anna knikte waarderend, maar tegelijkertijd voelde ze haar hart zwaar worden. Dat de man die dag onderweg was naar het zuiden, kon alleen maar betekenen dat hij de feestdagen op de weg zou doorbrengen.

'Vindt u het dan niet erg om op kerstavond niet thuis te zijn?' vroeg Anna benepen. 'U viert het toch vast altijd heel uitgebreid, hè?'

'Ja zeker. Maar niet zo erg om vandaag te rijden. Levert geld op, zodat ik kan kopen veel cadeaus. En morgen ben ik thuis en dan is er bigos en balletjes en brandewijn, en wij vieren goed.'

Zijn gezicht begon bij voorbaat te stralen. Daar was Anna bijna een beetje jaloers om. En vooral betrapte ze zichzelf erop dat ze voor zichzelf ook zo'n kerstfeest wenste als de chauffeur ging vieren, met eten en brandewijn en een vader die van zijn dochter hield.

'Waarom jij bent eigenlijk onderweg? Jij moet bij familie zijn.'

'Dat wou ik eigenlijk ook,' antwoordde Anna. 'Maar toen ben ik...'

Opeens klonk er een wanklank uit de radio. Anna kromp

in elkaar, toen hoorde ze dat het de verkeersinformatie was die de Poolse zender gewoon eruit had gegooid.

De nieuwslezer raffelde de gebruikelijke file- en flitsersmeldingen af, die Jaroslav oplettend volgde.

'En hier nog een oproepbericht. Mevrouw Anna Wagner, vermoedelijk onderweg naar Berlijn, wordt dringend verzocht contact op te nemen met haar familie of via het telefoonnummer...'

Een oorverdovend geruis maakte een einde aan de mededeling.

Anna zat als verstijfd op haar stoel. Haar familie was al in het openbaar naar haar aan het zoeken! Pas na een tijdje bedacht ze dat ze weer adem moest halen. Zorgen en angst vormden ineens een grote klomp in haar maag. Waren ze echt alleen maar naar haar op zoek? Of was er iets gebeurd? Alleen al de gedachte dat haar moeder gek van angst was, maakte haar onrustig.

Ik had het nummer uit mijn hoofd moeten leren, dacht ze, kwaad op zichzelf. Dat ga ik absoluut doen zodra ik mijn mobiel weer aan de praat heb!

'Wat is met jou, niet goed?' informeerde Jaroslav, want blijkbaar was ze niet alleen verstijfd, maar ook lijkbleek geworden.

'Ik... die naam van daarnet. Dat ben ik. Dat oproepbericht was voor mij,' antwoordde ze.

'O, hopelijk niets gebeurd.'

'Nee, nee, vast niet, ik denk alleen dat mijn familie naar me op zoek is.'

'Waarom? Zij niet weten dat jij komt?'

'Nee, ze weten niet waar ik ben.' Anna gaf hem in een paar zinnen een samenvatting van haar odyssee. De woorden kwamen er als een stortvloed uit en daarna snakte ze naar adem.

De chauffeur bekeek haar met opgetrokken wenkbrauwen. Het was de vraag of hij echt alles begrepen had. Maar Anna wilde het niet nog eens zeggen. En als er nu thuis toch iets was gebeurd? Bij die gedachte schoot er een ijskoude rilling over haar rug en sprongen de tranen in haar ogen. Waarom was ze niet eerder op weg gegaan? Waarom had ze zich niet al eerder met alles beziggehouden...

'Geen zorgen maken,' zei de trucker terwijl hij zijn hand op haar arm legde. 'Komt goed. We zijn binnenkort in Berlijn, als je zegt waar je woont, ik jou brengen.'

Anna knikte en veegde de vochtige sporen van haar wangen. Misschien had ze gisteren niet zo lang bij Paula moeten blijven. Misschien had ze al eerder moeten proberen of ze met iemand mee kon rijden. In plaats daarvan heb ik leuk met die oude dametjes zitten kletsen, bedacht ze.

Terwijl ze zo zat te piekeren, dreinde de muziek op de radio door. De Poolse presentator begon te praten en deed dat zo vlug dat Anna de Engels klinkende woorden tussen de Poolse niet hoorde. Maar toen klonken er tonen die haar erg bekend voorkwamen.

'*Last Christmas...*'

Anna was veel te erg van streek om haar gezicht te vertrekken. Was het nog niet genoeg dat ze in deze truck zat, een oproepbericht had gehoord en geen idee had wat er in haar familie aan de hand was? Dat ze in deze ellende zat? Moest nou bij elke etappe dat verdomde liedje weer gaan jengelen?

Met een doordringend gevoel van hulpeloosheid zakte Anna achterover op haar zitplaats. Ze kneep in haar arm, ook al wist ze dat het geen droom was. Zoiets als dit kon je niet dromen.

Op de snelweg kwamen ze niet erg vlug vooruit, want de sneeuwruimdienst verrichtte wel goed werk, maar het duurde even voor de sneeuw door het strooizout wegsmolt. De voertuigen voor hen kropen over de weg, een paar bestuurders waren heel moedig en haalden de vrachtwagen in. Maar over het algemeen reden de mensen voorzichtig. Het werd echter steeds drukker op de weg. Sommige auto's hadden een dennenboom of spar op het dak vastgesnoerd.

Wie gaat er nu pas een kerstboom halen? vroeg Anna zich hoofdschuddend af. De mensen snapten blijkbaar niet dat ze eigenlijk niet meer onderweg hoorden te zijn – in tegenstelling tot haarzelf.

Een sirene rukte haar uit haar gedachten. In de zijspiegel zag ze even het zwaailicht van een politiewagen. Of was het een ambulance? Meteen kwam de onrust vanwege het oproepbericht weer terug.

Het voertuig verdween vlug weer uit de spiegel, maar niet omdat het was doorgereden. De wagen verscheen naast hen. Op de brede groene strook op de carrosserie prijkte het opschrift DOUANE.

Alsof dat nog niet genoeg was, kwam de auto voor hen rijden en schakelde ledverlichting in met het commando POLITIE VOLGEN in drie talen. Ongetwijfeld wilden de politiemensen iets van Jaroslav.

De chauffeur uitte een Poolse verwensing, in elk geval klonk het als zodanig, en hij volgde de wagen van de douane.

'Verdomde politie,' jammerde hij nu, buiten beschouwing latend dat het niet gewoon de politie was, maar de douane. 'Niet eens met Kerstmis ze ons met rust laten! Altijd controles! Altijd wanneer geen tijd.' Maar verzet was zinloos. Nog afgezien van het feit dat hij bij een vervolging door de politie aan het kortste eind had getrokken, zou hij waarschijnlijk ook zijn rijbewijs en zijn baan zijn kwijtgeraakt.

Anna vroeg zich af hoe het mogelijk was dat politie- en

douanemensen ook met de kerst op de snelweg aan het werk waren. Maar toen verbeterde ze zichzelf. Het was nog geen Kerstmis, maar pas de 24ste. Een werkdag, hoewel voor de meeste mensen maar tot de middag. Die tijd moest natuurlijk gebruikt worden om smokkelaars en verkeersovertreders, die er ook met de kerst waren, tot de orde te roepen.

Maar waarom juist de vrachtwagen waar ik in zit?

Anna loerde naar de radio. Kwam het door dat onbeschrijfelijke liedje? Sinds ze op weg was gegaan naar Berlijn, had ze het nu al drie keer gehoord – en telkens was er daarna iets vreselijks gebeurd. Wat zou er nu weer komen? Hoelang zouden ze die arme chauffeur ophouden? En hoe kwam ze nou verder?

Rustig blijven, zei ze tegen zichzelf. Het komt wel weer goed. Deze vervloekte reis heeft je tot nog toe niet klein gekregen en dan zal dat ook verder niet gebeuren.

Nadat de truck door een douanier naar een bepaalde standplaats was gedirigeerd, verscheen de man met rode oren onder zijn muts in zijn dik gevoerde leren jack aan de bestuurderskant.

'Papieren alstublieft,' sommeerde hij. 'En uw tachograaf.'

Jaroslav werd ineens bleek. Op zijn voorhoofd parelde zweet.

Anna kreeg een duister vermoeden. Smokkelde hij misschien iets illegaals? Zo ja, dan zouden ze haar vast voor een medeplichtige houden en haar opsluiten, erger kon gewoon niet.

Toen er iemand aan de bijrijderskant klopte, kromp Anna in elkaar van schrik. Naast haar stond een andere douanebeambte. Hij droeg een parka over zijn uniform, ook zijn neus en oren zagen diep donkerrood. De controleurs benijdden hun collega's die in pitwagens over de snelweg reden en opvallende auto's 'opvingen' waarschijnlijk hartgrondig. Met tegenzin opende ze het portier.

'En jij, jongedame? Hoor je bij de chauffeur of ben je misschien de reservechauffeur?'

Anna schudde haar hoofd. 'Nee, ik ben meegelift. Jaroslav, ik bedoel de chauffeur, heeft me meegenomen.'

'Papieren alsjeblieft!' barstte de beambte uit, zonder in te gaan op wat ze had gezegd. Iedereen kon natuurlijk beweren dat hij alleen maar meereed.

Anna diepte haar papieren op uit haar trolley. De douanier bestudeerde ze peinzend, toen gaf hij ze weer terug.

'En waar gaat de reis naartoe?'

'Naar Berlijn.' Anna overwoog hem het hele verhaal te vertellen. Maar waarschijnlijk zou hij haar toch niet geloven.

'Aha.' Zoals hij dat zei, klonk het als een nog erger misdrijf dan smokkelen.

'Ik had geen andere keus,' stamelde ze.

'Je weet hopelijk wel dat het gevaarlijk kan zijn om met wildvreemde mensen mee te rijden?'

Hoezo? had Anna bijna gevraagd, maar ze hield zich in. Ze wist dat het gevaarlijk was, maar Jaroslav was een fatsoenlijke man die alleen maar zijn werk deed. Blijkbaar keek de douanier te veel tv.

'Ja, dat weet ik, maar die man leek me betrouwbaar. En hij heeft me ook niets aangedaan.'

De beambte zette een gezicht op van 'dat zullen we nog wel eens zien' en taaide af. Anna zat op hete kolen. Wanneer zou het verdergaan? En hoe zat het met Jaroslav? Intussen was die uitgestapt en stond hij naar de douanebeambten te gebaren. Die liepen om de vrachtwagen heen en onderzochten blijkbaar ook de lading.

Anna keek op de klok op het dashboard. Kwart over elf.

Lang had haar rit niet geduurd. Waarom had ze nou weer zo'n pech?

'Met de lading is het allemaal in orde,' zei de andere douanier uiteindelijk terwijl hij Jaroslav de papieren overhandigde. 'Maar u heeft u niet aan de rusttijden gehouden. Dat betekent dat u voorlopig niet met de wagen verder mag rijden.'

'Wat?' maakte de chauffeur zich kwaad. 'Ik niet doorrijden mag? Maar ik afspraken hebben! Ik moet vanavond zijn in Dresden.'

Dat hij bovendien morgen met zijn gezin kerst wilde vieren, verzweeg hij.

'Het spijt me, maar de wettelijke verordeningen bepalen dat u maar voor een bepaalde duur zonder onderbreking mag rijden. U hebt al zeker zestig uur geen rustpauze ingelast, dat betekent dat u, als u verder wilt rijden, eerst minstens negen uur rust moet nemen.'

'Maar hij heeft toch gepauzeerd!' bracht Anna te berde.

'Ja, een half uur,' antwoordde de beambte onaangedaan. 'Dat is tegen de voorschriften.' Daarop wendde hij zich tot Jaroslav, die heel berouwvol keek. Wat hij daarbij mompelde, verstond de beambte gelukkig net zomin als Anna.

'U moet nu volgens de voorschriften pauzeren. Als u dat niet doet, zien we ons genoodzaakt het voertuig aan de kant te zetten.'

'Oké, oké,' antwoordde Jaroslav en hij stak bezwerend zijn handen in de lucht. 'Ik pauze houden.'

'Goed, rijdt u dan uw voertuig naar de parkeerplaats daar verderop,' wees de beambte. 'Mochten we u weer tegenkomen en constateren dat u ten onrechte de parkeerplaats hebt verlaten, dan hangt u een geldboete boven het hoofd. Voor nu houden we het bij een waarschuwing.'

17

‘Het spijt me,’ zei Jaroslav berouwvol toen hij weer instapte. ‘Moet nu gaan slapen.’

‘Waarom dwingt uw werkgever u eigenlijk door te rijden?’ vroeg Anna verbaasd. ‘Ze weten toch dat in Duitsland deze voorschriften gelden?’

‘Concurrentie,’ antwoordde hij schouderophalend. ‘Wij krijgen opdracht niet als niet zeggen wij vlug genoeg daar zijn. Opdrachtgever interesseert niet hoelang we rijden, hoofdzaak is wij komen aan.’

Anna schudde haar hoofd. ‘Misschien moet de douane zich ook met die firma’s bezighouden.’

‘Misschien, maar doen niet. Niet erg, ik slapen en dan verder rijden. Als je wilt, jij wachten, ik dan jou meenemen. Of je vraagt politie, die misschien jou brengen naar Berlijn.’

Dat waren ze haar na deze abrupte stop eigenlijk wel verschuldigd.

Anna dacht even na, toen stapte ze uit en liep naar de mannen toe, die net koffie voor zichzelf inschonken uit een thermoskan. Jaroslav startte de truck en reed hem naar de parkeerplaats, waarop nog twee andere voertuigen stonden waarvan de chauffeurs blijkbaar ook niet veel slaap hadden gehad.

‘Pardon,’ zei ze, waarop de mannen haar een beetje verwonderd aankeken. ‘Kunt u me misschien meenemen, nu de chauffeur moet slapen? U komt zeker niet toevallig uit Berlijn, hè?’

Vertwijfeld zwijgen. De mannen keken elkaar aan. De koffiebeker van de ene stroomde over. Vloekend schroefde de man die de koffie had ingeschonken de dop weer op de kan. De rondspattende koffie, die hen allebei raakte, haalde hen uit hun verstarring.

‘We komen uit Ludwigslust,’ antwoordde de ene beambte.

Anna vroeg zich af of het nog erger kon worden. Ze wist weliswaar waar Ludwigslust lag, maar tegelijkertijd besefte ze dat het nog erg ver van Berlijn was.

‘Ik heb verder geen andere gelegenheid om mee te rijden en ik heb daarnet op de radio gehoord dat er een oproepbericht voor me was.’

Oké, dat zien ze natuurlijk voor een verzinsel aan, schoot het door haar heen toen ze de verbouwereerde gezichten zag.

‘Een oproepbericht,’ zei een andere beambte geamuseerd.

‘Ja, als u de radio aanzet, hoort u het misschien,’ antwoordde Anna en ze deed haar best niet geïrriteerd te klinken. Het ging immers om een gelegenheid om mee te rijden. Geen voor de hand liggende, maar ooit moesten de beambten ook weer op weg, want kerstavond zouden ze toch beslist met hun gezin willen doorbrengen. Tenzij de misantropenafdeling hier verzameld was...

De douaniers keken elkaar weer aan, toen zei een van hen uiteindelijk: ‘De controle duurt nog twee uur, als je zolang wilt wachten, nemen we je mee naar Ludwigslust. Daar kun je op de trein naar Berlijn stappen.’

Dat beloofde tenminste wat!

Anna keek naar Jaroslav, die tot negen uur rustpauze was

veroordeeld. Ze kreeg wel een beetje last van een slecht geweten. Als ze met de douane meereed, was het bijna net alsof ze hem verried en met de vijand heulde. Maar twee uur was minder dan negen. En dat er in Ludwigslust een station was, was zelfs geweldig. Met wat geluk zou een boemeltrein haar rechtstreeks naar Berlijn brengen. En bellen kon ze op het station vast ook. Misschien kon ze via de inlichtingendienst het nummer van haar moeder krijgen.

'Oké, ik rij met jullie mee,' zei ze dus maar. 'Ik ga alleen even mijn koffer halen.'

De mannen keken haar na, dat voelde ze duidelijk, maar dat maakte Anna niets uit. Als ze over ongeveer twee uur in Ludwigslust was, was het nog altijd vroeg genoeg om naar Berlijn te gaan. En dan kwam er hopelijk een einde aan haar odyssee.

Door de sneeuw stapte ze naar de truck.

Jaroslav stond net op het punt het zich gemakkelijk te maken in de slaapcabine.

Nadat hij haar de koffer had aangereikt, zei hij: 'Wel thuis en *wesolych swiąt*!'

'Weso...?'

'Zo zeggen ze bij ons vrolijk kerstfeest!'

'U ook vrolijk kerstfeest!' Anna zwaaide en vertrok met haar trolley.

18

De controle leek eindeloos te duren. Verbazingwekkend genoeg hadden de beambten vaak beet. Nog vier vrachtwagens stuurden ze naar de parkeerplaats en er werden er ongeveer drie keer zo veel gecontroleerd.

Bij één wagen ontdekten de douaniers een paar sloffen gesmokkelde sigaretten. Die chauffeur verkeerde meteen in nog grotere problemen dan Jaroslav, die braaf in zijn cabine lag te sluimeren.

Anna volgde de controle vanuit de auto; de beambten waren zo vriendelijk geweest om haar toe te staan in hun wagen te gaan zitten. Het liefst had ze de radio aangezet om het oproepbericht nog eens te horen – en daarmee het telefoonnummer dat erbij was gegeven. Maar toen ze dat deed, oogstte ze een venijnige blik van een van de douaniers en dus zette ze hem vlug weer uit.

Ludwigslust zou haar redding zijn, daar was ze van overtuigd. Misschien was er wel net zo'n winkeltje als in Binz, in het beste geval hadden ze het oproepbericht gehoord of waren ze bereid haar tot de trein vertrok naar de radio te laten luisteren en haar dan te laten bellen. Na alles wat er tot nu toe gebeurd was, vond ze dat ze dat beetje geluk wel had verdiend.

Rijbewijs, was de volgende gedachte die in haar opkwam. Ik moet mijn rijbewijs halen. Dan zou ik niet meer op de trein aangewezen zijn. Natuurlijk zou ik panne kunnen krijgen, maar dan zou ik lid zijn van de wegenwacht en me naar huis kunnen laten brengen. Tenminste, als ze de aankondiging bij de wachtmuziek goed begrepen had.

Maar aan die overpeinzingen had ze nu niet veel. Ze keek op de klok op het dashboard. En ze constateerde blij dat de twee uur bijna om waren. Toen de 'mobiele collega's' kwamen, spraken de twee ploegen even met elkaar, waarna beide bemanningen weer naar hun eigen auto teruggingen.

'Goed, dan gaan we maar eens,' zei de chauffeur energiek toen hij zich zwierig op zijn zitplaats manoeuvreerde. De beambten schenen ineens een metamorfose te hebben ondergaan. Twee uur eerder leken ze nog ijzig en wat traag van begrip, maar nu stapten er drie levendige mannen in die zich er zichtbaar op verheugden naar huis te gaan.

Vlak nadat ze vertrokken waren, zette de bestuurder zelfs de radio aan. De zender ruiste tussendoor telkens weer, maar geen van de inzittenden leek rekening te houden met nog meer werk. De vrachtwagens die ze onderweg inhaalden, verwaardigden ze met geen blik. Misschien had Jaroslav nu kunnen proberen ervandoor te gaan. Maar als hij verstandig was, bleef hij daar en haalde zijn slaap in. Per slot van rekening dienden de meeste regels ertoe mensen voor stommiteiten te behoeden.

Onderweg naar de afrit Ludwigslust kwamen ze ook langs het wegrestaurant waar ze de oude dames had ontmoet. Daarmee maakte ze een duidelijke omweg, maar het vooruitzicht van de treinreis stemde Anna mild.

Toen ze een touringcar op de parkeerplaats ontdekte, vroeg ze zich af of dat de bus was die de oude dames had vergeten. Vast niet. Óf het tehuis had ze laten afhalen, óf ze hadden genoeg gekregen van hun vakantie in het wegrestaurant en een taxi gebeld. Waren ze misschien niet vergeten, maar waren ze hem gewoon gesmeerd? Wie kon dat weten na al die verhalen die ze hadden verteld?

Toen ze het wegrestaurant achter zich hadden gelaten, loerde Anna wantrouwig naar de radio, waarop muziek en opgewonden klinkende presentatoren, die nu de grote kerstcountdown inluidden, elkaar afwisselden.

Misschien heb ik die hele ellende wel aangetrokken omdat ik zo negatief over Kerstmis dacht. Anna zette die gedachte over haar eigen instelling van zich af. In plaats daarvan luisterde ze naar de mannen, die begonnen te vertellen.

'Zodra ik thuiskom, stappen we in de auto en rijden we naar de boerderij van mijn ouders. Daar vieren we de kerst met alle vier de gezinnen.'

'Vier gezinnen,' liet Anna zich ontvallen en pas toen bedacht ze dat ze hier natuurlijk niets had in te brengen. Of toch wel? De bestuurder reageerde heel vriendelijk.

'Ja, de vier broers en zussen vieren het elk jaar met elkaar. Onze ouders zijn helaas al jaren geleden overleden, mijn oudste broer runt nu het bedrijf. De boerderij is zo groot dat we er allemaal in kunnen, inclusief vrouwen, vriendinnen, kinderen en de eerste kleinkinderen. Drie dagen verblijven we onder één dak, koken samen, doen spelletjes, gaan wandelen, vertellen. Er is geen tijd van het jaar die mooier is dan de kerst.'

Anna's poging om zich het reilen en zeilen op de boerderij van de douanier voor te stellen werd behoorlijk kitscherig, bijna zo'n vreselijk kerstprogramma waarin popsterren kerstliedjes zongen. Maar dat beeld was op een of andere manier toch hartverwarmend. Het moest heerlijk zijn om het zo goed met je hele familie te kunnen vinden. Zouden Jonathan en zij ooit samen Kerstmis vieren – met alle aanhang die ze in de loop der jaren zouden verzamelen? Opeens wilde ze niets liever!

'Ik ga morgen met mijn vrouw en kinderen naar mijn schoonmoeder,' zei nu de man op de passagiersplaats, waarop hij meewarige opmerkingen van zijn collega's kreeg. Maar hij schudde zijn hoofd.

'Zo erg is die ouwe draak met de kerst helemaal niet. Natuurlijk, ze zal me weer voorhouden dat ik het bij de overheid nog niet ver geschopt heb, maar ze wordt milder wanneer ze een paar lekkere sherry'tjes opheeft. En één ding moet je haar nageven: haar gevulde gans is klasse! Bovendien is haar tweede echtgenoot een heel aardige kerel, met hem steek ik er buiten eentje op wanneer de sfeer toch gespannen raakt.'

'Wij sluiten ons binnen op en laten er niemand in,' verkondigde de derde. 'Kan ik eindelijk weer eens urenlang met mijn vriendin in bed liggen!'

'Dan kun je jezelf maar beter een paar blauwe pillen bezorgen om dat uit te houden!' zei degene met de uitgebreide familie spottend.

'Die heb ik niet nodig als ik geen last van stress heb!' antwoordde Anna's buurman met een knipoog naar haar. Pas nu viel het haar op dat hij helemaal niet zo oud was als zijn uniform hem deed lijken. 'En geloof me, we steken geen vinger uit, ik laat mijn vriendin ook niet de keuken ingaan, we bestellen gewoon wat.'

'Nou, dan mag je ook meteen een nieuw uniform bestellen – een maat groter,' spotte de man naast de bestuurder.

'We zullen genoeg aan beweging doen om alle calorieën te verbranden,' antwoordde de jongste, waarop de anderen begonnen te joelen.

Anna grijnsde inwendig. Zouden de vrachtwagenchauffeurs die door hen gecontroleerd of tot slapen veroordeeld werden er ook maar het minste vermoeden van hebben dat de douaniers niet zo heel veel van hen verschilden?

Voor het nieuws kwam en daarmee het oproepbericht kon worden herhaald, arriveerden ze bij het station van Ludwigslust.

'Waar is het kasteel?' vroeg Anna verbaasd, want ze waren alleen langs woonhuizen, pompstations en een autohandelaar gekomen. En als er iets was wat ze associeerde met Ludwigslust, was het het kasteel, waarvan soms foto's stonden in reisbrochures.

'Dat staat verderop in de stad. Maar voor het douanekantoor moeten we hierlangs. Het is ook de kortste weg naar het station en je wilt vast zo snel mogelijk naar huis, toch?'

Anna knikte en toen de auto stopte, wenste ze iedereen vrolijk kerstfeest en haalde toen haar trolley uit de kofferbak.

Pas nu zag ze hoe afgeragd die er inmiddels uitzag. Geen enkele verre reis had hem zo kunnen beschadigen als deze odyssee naar Berlijn!

Zelfs Paula zou het hele verhaal niet geloven.

Bij binnenkomst in het station constateerde ze verheugd dat er inderdaad een winkeltje was, dat nog open was. Ook deed haar maag zich nu weer gelden en vroeg om een van de belegde broodjes die achter het glas van de vitrine lagen. Dat de sla er aan de zijkanten slap en triest uit piepte, stoorde Anna allerminst.

Maar allereerst moest ze een treinkaartje hebben.

Ze ging voor de vertrektijdentabel staan. De eerstvolgende trein die in Berlijn stopte, ging om twaalf voor drie. Een blik op de grote ronde stationsklok leerde haar dat ze nog ruim een half uur de tijd had. Dat zou genoeg zijn om nog iets te eten te halen.

Met knorrende maag liep ze naar de kaartjesautomaat. Op het display stond dat ze het touchscreen moest gebruiken. Toen ze dat probeerde, reageerde de automaat helemaal niet. Kwam dat door haar koude handen? Ze wreef ze tegen haar jas, drukte op het display, dat haar vrolijk uitnodigde het beeldscherm aan te raken, maar er gebeurde niets toen ze dat deed. Waarom moest die stomme automaat nou juist vandaag kapot zijn?

'Hallo, jongedame?' vroeg een stem dwars door de hal. Anna draaide zich om. Een stevig gebouwde vrouw in blauw uniform stond naar haar te zwaaien.

'Ja?'

'De automaat is kapot, het touchscreen werkt niet.'

Dat had zij ook gemerkt. En nu?

'Ik moet een kaartje hebben,' zei Anna, alsof dat niet duidelijk was wanneer ze voor een kaartjesautomaat stond. 'Kan ik dat hier ergens anders kopen?'

'Ja, binnen, de vrouw achter de kassa zal het voor u uitprinten.'

Dat was nog eens service van de spoorwegen. Anna wierp een venijnige blik naar de automaat, die vrolijk bleef knipperen en zich vast stiekem kapotlachte om de vele vergeefse aanrakingen, en liep naar het winkeltje.

'Dank u,' zei ze in het voorbijgaan tegen de conductrice, maar die leek niet bedankt te willen worden, ze koerste af op het perron.

Anna trok haar rolkoffer naar de glazen toegangsdeur. Toen ze die opendeed, klonk haar radiomuziek tegemoet. En niet zomaar iets! De laatste maten van 'Last Christmas' waren duidelijk hoorbaar. Anna verstijfde op slag. Weer dat liedje! Wat zou er nou weer misgaan? Of gold de vloek alleen als je het helemaal hoorde?

Bij de toonbank liep haar bij de aanblik van de broodjes en koeken het water in de mond. Het aanbod was weliswaar niet groot, maar voor haar hongerige maag leek alles een feestmaal. De verkoopster was echter wijd en zijd nergens te bekennen.

Anna wipte van haar ene voet op de andere. Ze had nog veel tijd – maar wat als de dame in kwestie op het toilet zat en het lang ging duren?

Toen werd gelukkig al het gordijn achter de toonbank opzijgeschoven en verscheen er een jonge vrouw, die vrolijk leek te lachen.

'Wat kan ik voor u doen?'

Anna werd verrast door de vriendelijkheid, die ze na de ontmoeting met de knorrige conductrice niet had verwacht. 'Eh, ik moet een treinkaartje naar Berlijn hebben. De automaat is kapot.'

De jonge vrouw knikte. 'Ja, al drie dagen. We proberen een monteur te vinden, maar dat kan even duren. Gelukkig kunnen we de kaartjes ook hier uitprinten.'

Ze ging meteen aan de slag. 'Wilt u met de ICE, de intercity of de regionale trein reizen?

'Welke trein gaat er zo direct?'

'De regionale. Die kaartjes zijn ook het goedkoopst.'

'Dan neem ik die.' Haar blik dwaalde naar het broodje, waarvan de slappe sla speciaal naar haar leek te wuiven. 'En misschien ook zo eentje en koffie.'

'Dat maakt het tweeënveertig vijftig.'

Anna keek verschrikt naar het laatste tientje dat in haar portemonnee zat, maar toen herinnerde ze zich dat er nog wat geld op haar rekening stond. Hopelijk.

De jonge vrouw nam haar bankpasje zonder aarzeling aan en gaf hem even later weer terug, met een blaadje en een balpen.

Anna had op zijn minst verwacht dat het pasje niet geaccepteerd werd of onvoldoende saldo zou aangeven, maar... Zou de 'Last Christmas'-vloek haar deze keer eens niet treffen?

Blijkbaar niet, want even later liep ze met het kaartje in haar zak, het broodje en een beker koffie de winkel uit.

Intussen was er een trein uit Berlijn aangekomen, die zijn passagiers op het perron uitlaadde. Anna ging voor het vertrektijdenbord staan en zag hoe de binnengekomen trein naar boven scrolde en er nieuwe werden aangekondigd. Daartussen stond haar regionale trein, de boemel die haar weg zou voeren van de hele kerstchaos.

Achter haar werd het nu lawaaiig. Passagiers dromden om haar heen in de richting van de deur – tot door een harde stoot tegen haar schouder de koffiebeker uit haar hand gleed.

Kletter! De koffie plonsde op de tegels, spetterde tegen haar broekspijpen en haar koffer en spatte omhoog op haar jas. Een paar spetters raakten zelfs haar kin!

Woedend keek Anna om. De man in de grijze jas, die blijkbaar zo'n haast had gehad dat hij niet eens had op- of omgekeken, was al bij de deur.

'Eikel,' morde Anna terwijl ze een beetje hulpeloos naar de grond keek. Toen ze omlaagkeek, zag ze dat ze zo onmogelijk kon instappen. Ze wilde op zijn minst haar jas en haar koffer, waar de koffie verkeerd ook van afdroop, een beetje schoonmaken. Haar blik ging naar de stationsklok. Ze had nog een kwartier. Dat was wel genoeg. Zonder na te denken stormde ze naar de toiletten. Gelukkig waren er bij zo'n geringe toestroom van reizigers ook geen rijen voor de wc's en wastafels.

Toen ze zichzelf in de spiegel zag, schrok ze. Dat verwilderde wezen, was zij dat? Haar haar hing slierterig en vervilt omlaag, haar kleren stonden stijf van het vuil en onder haar ogen prijkten ondanks dat ze had geslapen donkerblauwe kringen. Pas nu, in de buurt van de toiletten, merkte ze dat ze eigenlijk moest, en dus verdween ze eerst in een van de cabines. Weer bij de wastafel trok ze vlug een paar papieren handdoekjes uit de houder en draaide de kraan open. Maar in plaats van een klein straaltje stortte er ineens een brede waterval naar beneden.

Verschrikt gaf Anna een gil en ze sprong achteruit. In eerste instantie kon ze niet zien waarom het water zo op haar afkwam. Toen ze opzij was gaan staan en het water van haar gezicht had geveegd, besefte ze dat de kraan aan één kant opengebarsten was – abrupt, alsof hij daarvoor speciaal op haar komst had gewacht.

Waarom juist bij mij? vroeg ze zich af terwijl ze het water uit haar haar wrong. Maar toen had haar ratio meteen het antwoord klaar. Omdat je een Grinch bent. En omdat Kerstmis een nog grotere hekel aan jou heeft dan jij aan Kerstmis.

Voor ze zich aan zelfmedelijden en ergernis kon overgeven hoorde ze een dof gedonder en een aankondiging. Die laatste kon ze maar half verstaan, maar ze kromp geschrokken in elkaar toen ze het woord Berlijn hoorde. Dat kon niet waar zijn. Er waren toch hooguit vijf minuten verstreken sinds ze naar de toiletten was gegaan! Meteen maakte ze rechtsomkeert, liet het water stromen, greep haar trolley en rende weg.

Stom genoeg bevond spoor 3 zich aan de andere kant van een onderdoorgang waar je vanaf spoor 1 eerst doorheen moest rennen. 'Alsjeblieft, alsjeblieft, alsjeblieft,' smeekte ze terwijl ze de trolley achter zich aan sjorde.

Nog voor ze bij de onderdoorgang was, klonk er schril gefluit en de rode serie treinstellen kwam in beweging.

Anna liep desondanks nog een stuk door, hoorde de trein denderen en zag ten slotte in dat ze over superheldenkrachten moest beschikken om hem nog te halen. Hijgend bleef ze staan en stampte woedend met haar voet. Toen ontwaarde ze een perronchef, die net zijn fluitje in de borstzak van zijn jack liet verdwijnen.

Kwaad stapte ze op hem af. 'Waarom is de trein nu al vertrokken?' viel ze tegen hem uit. 'Die zou toch pas over tien minuten gaan!'

'Ik begrijp niet...' antwoordde de man beteuterd.

'Nou, volgens de stationsklok had ik nog minstens tien minuten! Zo lang heb ik bij de toiletten toch echt niet nodig gehad!'

'Eh, ja, u bedoelt vast de klok in de stationshal...' stamelde de perronchef en hij werd rood. 'Ik geloof dat die niet goed loopt.' Hij wees over zijn schouder naar de klok die boven het perron bengelde.

Anna constateerde dat hij gelijk had. De wijzers sprongen net op acht voor drie. Nu geloofde ze pas goed dat ze in een slechte film zat. Tegelijkertijd vervloekte ze zichzelf omdat ze geen polshorloge droeg en ze zich ook voor de tijd altijd op haar mobieltje verliet. 'Hoe kan de stationsklok nou de verkeerde tijd aangeven?' wond ze zich op.

'Tja, de meeste mensen hebben een horloge of kijken op hun mobiel. Bovendien staat de juiste tijd ook op de kaartjesautomaat.'

'Maar de automaat is kapot!' Anna's stem sloeg over. Tegelijkertijd sprongen haar de tranen in de ogen. Maar ze was nog te kwaad om in huilen uit te barsten. 'Dat stomme touchscreen doet het niet!'

De conducteur perste zijn lippen op elkaar. 'Het spijt me, ik vrees dat ik u niet kan helpen. Had u dan een kaartje voor een speciale trein?'

Anna had het gevoel dat ze elk moment flauw kon vallen. 'Nee. Geen idee.'

‘Dat kan bij regionale treinen eigenlijk ook niet. U kunt dus de volgende trein nemen, over drie uur gaat er weer een.

Drie uur! Ze moest het dus drie uur zien uit te houden in de stationshal met de kapotte kaartjesautomaat en de achterlopende klok?

‘Excuseert u mij, de volgende trein komt zo.’

Voor ze nog iets kon zeggen, liep de perronchef weg. Anna zakte neer op haar trolley. ‘Shit,’ jammerde ze zachtjes. ‘Shit, shit, shit!’

Toen ze een beetje was bijgekomen van haar spurt, zag ze de plas water op het perron die van haar was afgedropen. En ze barstte in tranen uit.

19

Een tijdje zat ze zo te huilen om de verprutste dag, tot ze merkte dat haar woede langzaam zakte. Bovendien begon ze het koud te krijgen en ze moest ervoor zorgen dat ze in de stationshal kwam als ze met Kerstmis niet met een fikse verkoudheid in bed wilde liggen.

Toen de laatste snikken waren weggeëbd stond ze op, veegde haar gezicht af en pakte haar koffer vast. Het was niet de laatste trein geweest die naar Berlijn ging. En wat was nu drie uur wachttijd? De volgende keer zou ze zich meteen op het spoor posteren en niet afgaan op die stomme klok in de hal. In de tussentijd had ze gelegenheid zichzelf weer op te knappen, in de toiletten andere kleren aan te trekken en dan netjes gekleed op de volgende trein te wachten.

Vol frisse moed liep ze terug naar spoor 1, waar al mensen op de eerstvolgende binnenkomende trein stonden te wachten. Ze keken verbaasd naar haar, alsof ze een landloopster was, maar daar trok Anna zich niets van aan. Ik krijg het voor elkaar, zei ze tegen zichzelf. Ik zal er op tijd zijn en Kerstmis vieren met Jonathan. Dat toverde zelfs een glimlach op haar gezicht, wat op de mensen vast onbeschaamd overkwam.

Anna liep terug naar de toiletten, waar het water nog

steeds alle kanten op spoot. Ze besloot naar de herentoiletten te gaan, om niet nog een keer water over zich heen te krijgen. Voor de zekerheid sloot ze zich op in een toilethokje. Daar begon ze haar vuile kleren uit te trekken. Daarbij bedacht ze dat ze voor het uitdelen van de kerstcadeaus nauwelijks meer gelegenheid zou hebben zich te verkleden. Dus moest ze dat nu maar doen. Ze verruilde haar trui en smerige spijkerbroek voor een donkere gedessineerde pantalon en een blouse en bekeek toen haar jas. Die was door de waterstroom aardig opgeknapt, hij was wel nog vochtig, maar de koffievlekken waren van de kunststofvezels afgespoeld. Als ze een tijdje in de stationshal bleef, zou hij wel droog worden, en dan waren de gevolgen van de reis er nog wel aan af te zien, maar zou ze niet meer op een zwerfster lijken.

Aan haar haar kon ze niet echt veel doen, want er was nergens een föhn te bekennen. Ze deed het dus maar in een knot en veegde met wc-papier de punt van haar schoenen af. Hoe ze er nu uitzag, wist ze niet, maar dat zou ze kunnen zien in de spiegel bij de wastafel. In elk geval had ze nu een beter gevoel, ook al was ze dringend aan een douchebeurt toe.

Toen ze het toilethokje uitging, kwam net een man in een donkere anorak het herentoilet binnen. Hij staarde haar aan, maar was te verbouwereerd over haar aanwezigheid om iets te kunnen zeggen. Anna glimlachte naar hem, daarna wierp ze in het voorbijgaan nog een kritische blik in de spiegel. Ja, ze zag er nu weer echt acceptabel uit. Toen liep ze de toiletten uit.

Hoewel ze nu niet meer een beker koffie in haar hand hield, besloot Anna op een bank te gaan zitten om niet nog een por te krijgen. Ze hoorde een baby huilen en zag de gejaagde gezichtsuitdrukking van mensen die haastig voorbijliepen en geen aandacht aan haar schonken. Leuk, die kersttijd, dacht ze eerst, maar toen stelde ze zich voor hoe de gezichten van die mensen veranderden zodra ze thuiskwamen en de wellicht al opgetuigde kerstboom zagen. Waarschijnlijk waren ze alleen maar zo gespannen omdat ze nog steeds onderweg waren. Zodra de reis erop zat, zouden ze lachen en zich verheugen op de komende uren. En hoe zat dat met haar? Afgezien dan van het feit dat ze nog geen echte reden had om blij te zijn, omdat Berlijn nog altijd mijlenver weg was?

Ja, ze verheugde zich – op het einde van de reis, op Jonathan...

'Pardon!' klonk er een stem die ze herkende. Het was de vrouw van de Snack Point. Anna draaide zich met een ruk om. Wat zou er nu komen? Gunde het lot haar niet een kleine adempauze?

'Ja?' zei Anna vragend, een beetje onzeker. Ze zag er nu toch niet meer vervuild uit en er gold nergens een toegangsverbod voor afgepeigerd uitziende reizigers. Waarom liet het lot haar niet eindelijk met rust?

'Je hebt daarnet met je bankpas betaald en toen zag ik je naam.'

'Is er iets niet in orde met mijn pasje?' Verschrikt vroeg Anna zich weer af of er nog genoeg geld op haar rekening had gestaan.

'Ja zeker, alles is in orde, maar je naam... Je bent Anna Wagner en hebt pas een kaartje naar Berlijn gekocht...' Op de wangen van de vrouw verschenen nu twee rode vlekken. 'Zojuist kwam er een oproepbericht op de radio en ik dacht dat het om jou ging. Het had kunnen zijn dat je al weg was, maar toen zag ik je weer, en ik dacht, ik spreek haar even aan.'

Anna stond even als aan de grond genageld.

'Ja, dat ben ik, ik bedoel de oproep is voor mij, ik heb

hem al eerder gehoord,' antwoordde ze verrast.

'O,' reageerde de vrouw een beetje verlegen, toen gaf ze haar een briefje aan. 'Hier, ik heb het nummer opgeschreven. Ik hoop dat er niets ernstigs is gebeurd.'

'Bedankt.' Anna pakte het papiertje, dat een hoekje van een servetje bleek te zijn.

'Graag gedaan,' antwoordde de vrouw en ze wilde zich alweer omdraaien, toen Anna tegen haar riep: 'Pardon, maar kan ik hier bellen?'

De vrouw glimlachte. 'Natuurlijk, kom maar mee!'

Het telefoonnummer was van een politiebureau in Berlijn – dat waaronder de wijk viel waar haar moeder woonde. Anna luisterde met bonzend hart naar de stem van de dienstdoende agent en zei: 'Hallo, ik ben Anna Wagner, ik meld me vanwege het oproepbericht.'

Op dat moment spookten er alle mogelijke doemscenario's door haar hoofd. Was er misschien een ongeluk gebeurd? Was het huis afgebrand?

'Godzijdank!' riep de man aan de andere kant van de lijn opgelucht, alsof hij persoonlijk op bericht van haar had zitten wachten.

'Wat is er gebeurd? Gaat het goed met mijn ouders? En mijn broertje?' Anna vuurde haar vragen achter elkaar op de man af.

'De vraag is eerder: hoe gaat het met u en waar bent u?' was zijn wedervraag. 'We kregen vanmorgen een melding van vermissing door ene Gerd Dressler. Hij zei dat u op weg naar Berlijn was geweest maar niet was aangekomen, zoals de afspraak was.'

Had haar stiefvader het opsporingsbericht afgegeven? Dat had ze niet verwacht.

'Ik ben in de trein naar Berlijn in slaap gevallen en per ongeluk mee naar Binz gereden.' Hoe vaak had ze dat verhaal al niet verteld? Zo langzamerhand raakte ze het overzicht kwijt. Maar het belangrijkste was: blijkbaar was zijzelf de reden voor het oproepbericht geweest en niet een of ander ongeluk dat er was gebeurd.

'En waarom hebt u dan geen contact met uw familie opgenomen? Uw ouders zijn vast vreselijk ongerust!'

Anna legde opgewonden uit wat haar was overkomen. 'Kunt u mij alstublieft hun telefoonnummer geven? Dan bel ik hen ook meteen.'

'Maar dat moet u dan ook echt meteen doen, ja? Het is vandaag tenslotte Kerstmis, dan moet je je familie niet de schrik op het lijf jagen.'

'Dat was ook eigenlijk niet mijn bedoeling, maar geloof me, soms zweren alle elementen tegen iemand samen.'

Met dat antwoord leek hij niet veel te kunnen beginnen, want er ontstond even radiostilte. Was de verbinding verbroken? Bij dat geluk van haar was alles mogelijk.

Maar de agent kwam weer aan de lijn. 'Tja, hoe het ook zij, ik ben blij dat we de zaak kunnen afsluiten. Wacht even, dan geef ik u het nummer.'

Had hij echt over haar opmerking over de elementen nagedacht of was hij alleen maar bezig geweest het briefje met het telefoonnummer te zoeken?

Omdat ze zo vlug geen pen had, graaide Anna haar kohlpotlood uit het bovenste vak van haar rolkoffer en schreef daarmee op een servetje. Het nummer kwam haar niet bekend voor, maar als de agent het zei, moest het wel kloppen. Ze moest echt vaker bellen...

Nadat ze de agent vrolijk kerstfeest had gewenst, hing ze op, om daarna meteen het nummer van haar moeder te kiezen.

Ze had pijn in haar buik en haar hart bonsde nu bijna net zo hard als daarnet. Maar nu omdat ze een beetje bang was voor een donderpreek van haar moeder. Wat zou die zeggen? Zou ze schelden of huilen? En hoe moest ze haar uitleggen dat ze niet had opgenomen? Oké, dat had waarschijnlijk niets veranderd aan de situatie waarin ze terecht was gekomen, maar ze schaamde zich nu een beetje dat ze opgelucht was geweest dat ze het telefoontje van haar moeder had gemist.

Elke keer dat de telefoon overging, wapende ze zich tegen de stem die ze zo zou horen. Ze was er vooral bang voor dat Gerd zou opnemen. Gerd, die niet zou geloven wat ze had meegemaakt. Die haar beslist zou verwijten dat ze het allemaal slechts had verzonnen om maar niet bij hen kerst te hoeven vieren. Dat zou uiteindelijk op ruzie uitlopen, waarop Anna de hoorn erop zou knallen en dan toch maar naar Leipzig terug zou gaan.

Maar ho, nee, ik heb het Jonathan beloofd, zei ze tegen zichzelf. Ik zal hem niet teleurstellen, wat Gerd ook zegt.

Toen er na dertien keer nog steeds niet werd opgenomen, zonk Anna de moed in de schoenen en ze hing op. Er was niemand thuis. Waren ze haar aan het zoeken? Waren ze misschien zelfs naar Leipzig gegaan om daar te kijken?

'Nou, is het allemaal gelukt?' vroeg de vrouw terwijl ze voorzichtig door de deuropening loerde alsof ze een monster verwachtte. Of een jonge vrouw helemaal in tranen.

'Ja, alles is in orde,' antwoordde Anna, enigszins opgelucht maar toch ook bezorgd.

'Ik hoop dat het niets ergs was.'

Anna schudde haar hoofd. Hoewel het de vrouw niets aanging, verdiende ze ook een beetje opluchting als dank voor haar hulp.

'Nee, alles is in orde, ik werd alleen vermist, maar dat is nu opgehelderd.'

Daar leek de vrouw tevreden mee te zijn. ‘Wil je misschien nog koffie voor de schrik?’ vroeg ze zakelijk, wat Anna al wilde afslaan, maar de vrouw voegde eraan toe: ‘Van de zaak, omdat het Kerstmis is.’

20

Een paar minuten later zat Anna met haar verse beker koffie en een chocoladekoek van de verkoopster op een krukje naast het krantenrek.

De weinige mensen die nog kwamen, wierpen haar een verbaasde blik toe, maar taaiden uiteindelijk met een krant, koffie of een van de kleffe broodjes weer af. Een hondje dat voor de ruit werd gestald, keek haar met een scheef kopje aan, waarschijnlijk was het gespitst op haar koek. Maar die belandde tot op de laatste kruimel in Anna's maag en als bij toverslag voelde ze zich ineens veel beter.

Omdat er nu nog twee uur restten tot de volgende trein zou vertrekken, besloot ze niet nog eens gebruik te maken van de welwillendheid van de verkoopster door te vragen of ze nog een keer mocht bellen. In plaats daarvan besloot ze de stad in te gaan en daar een telefooncel te zoeken. Het kasteel zou nu vast niet meer open zijn, maar misschien had Ludwigslust nog meer te bieden.

Toen ze haar koffie ophad en de beker in de vuilnisbak had gegooid, wenste ze de verkoopster vrolijk kerstfeest en liep het winkeltje uit.

Ze wierp een boze blik op de stationsklok en moest ineens

denken aan mevrouw Hallmann, die vast bij haar eerste kind was aangekomen, en aan Paula, die naar haar grootvaders verhalen zat te luisteren en er ondertussen over dacht wat ze met het huwelijksaanzoek van haar vriend aan moest.

De gedachte aan die twee zo dierbare mensen deed haar weer een beetje glimlachen. Een zware, loodgrijze hemel drukte op de stad, maar aan de wolkenranden kwam de zon een beetje tevoorschijn. De lucht was behoorlijk koud, de sneeuw knarste onder haar voeten. Een paar vlokken kwamen kalmpjes omlaag dwarrelen. Zou het vannacht net zo desastreus gaan sneeuwen als gisteren?

Gisteren... Anna had niet het gevoel dat er pas een dag voorbij was gegaan sinds ze bij Paula was vertrokken. Er leek eerder een heel jaar tussen te liggen. Maar het was slechts één dag, waarop er meer was gebeurd dan een mens zich kon voorstellen.

Maar ook deze dag zou voorbijgaan en hoewel Anna zich uitgeput en vreselijk voelde, zou ze misschien op het laatst onder een kerstboom zitten, beneveld door de wijn en met haar kleine broertje tegen zich aan.

Ze was nog maar een klein eindje van het station toen ze op de parkeerplaats erachter een knalbont Volkswagenbusje opmerkte dat rechtstreeks uit de jaren zeventig afkomstig leek te zijn. Op de zijkanten waren bloemenpatronen geschilderd en op de achterruit prijkte een groot peaceteken. Het Berlijnse kenteken verdween bijna onder alle versieringen.

Terwijl ze het voertuig gefascineerd stond te bekijken, kwam er een gedaante achter tevoorschijn. 'Smurfen!' riep hij paniekerig. 'Ze zitten overal!'

Anna geloofde haar ogen niet. De spichtige man, die ongeveer haar leeftijd had, droeg gele shorts met turquoisekleurige alohabloemen, zijn bovenlijf was bloot. Wie rende er bij die temperatuur nou zo rond! En hoe zat dat met die smurfen?

'Hé, Piet, kom terug, je bevriest nog!' riep een andere stem. De jonge man die de shortdrager achterna kwam, was heel wat warmer gekleed. Zijn blonde haar zat in rastavlechten en werd door een bontgekleurde band in zijn nek bijeengehouden.

'Smurfen, smurfen!' bleef de achtervolgde man roepen, hij leek de sneeuw op zijn huid niet te voelen.

Anna's ontzetting over zijn ongevoeligheid voor de kou werd nog groter toen ze zag dat hij badslippers aan zijn voeten had. Had hij zijn verstand verloren? Een andere verklaring was er eigenlijk niet.

Waarschijnlijk zou hij echt bevroren zijn als de rastaman hem niet het volgende ogenblik had ingehaald. Hij trok de shortsdrager op de grond, ze wentelden samen even door de sneeuw, toen trok de rastaman de voortvluchtige aan zijn arm overeind.

'Hier zijn geen smurfen, Piet, je had dat rare spul niet moeten nemen.'

'Smurfen, die zijn er, zie je ze dan niet?' krijste de andere man panisch. 'Ze zitten achter de bus!'

'Nee, er zijn geen smurfen. Dat meisje daar kan het bevestigen.'

Anna begreep pas even later dat hij haar bedoelde. Nu vond ze het pijnlijk dat ze daar alleen maar naar de smurfenfiguur had staan staren.

'Klopt, er zijn geen smurfen,' zei ze toen de rastaman haar smekend aankeek. 'Kan ik jullie misschien op een of andere manier helpen? Hebben jullie een ziekenwagen nodig of zo?'

De rastaman schudde zijn hoofd. 'Nee, Piet heeft alleen maar weer die wiet gerookt die zijn neef in de kelder heeft gekweekt. We hebben niet gemerkt dat hij die bij zich had. De eerste keer reageerde hij namelijk ook al zo.'

'Je bedoelt dat hij echt...' Anna zag ervan af het woord smurfen te noemen, want ze wilde de figuur in shorts niet weer herinneren aan zijn vermeende achtervolgers. '... geen blauwe...'

'Smurfen!' riep Piet, waarop de rastaman hem weer meetrok.

'Ja, die ziet hij, maar dat is zo weer over. Bedankt voor je hulp, ik moet hem nu weer in het busje stoppen!'

Anna keek de twee na. Was echt alles in orde? Het was toch niet normaal als je na het roken van een bepaald soort wiet vijandige smurfen zag!

Ze trok haar trolley naar het Volkswagenbusje, dat in de buurt van de grijze huizen net zo opviel als een sneeuwpop op het strand. Van de inzittenden was niets te zien, maar Anna ging op in de bloemenpatronen, die niet zoals bij moderne gepimpte auto's met airbrush opgebracht waren, maar liefdevol met de hand waren geschilderd en van dichterbij veel gedetailleerder waren dan je zou denken. Anna ontdekte een hondje dat achter een bloeiende tulp vandaan piepte, het hoofd van een klein meisje dat onder een bloemblad gehurkt zat en een ijshoorntje dat als bij een rebus tussen de bladeren verstopt zat te wachten tot het werd ontdekt. Elke centimeter van de carrosserie vertelde een heleboel verhaaltjes die erop wachtten te worden opgeschreven. Blijkbaar was de beschildering het resultaat van vele jaren, het leek bijna alsof iedere eigenaar iets aan de tekeningen had toegevoegd. Mogelijk was er een hele vracht mensen aan bezig geweest...

'O, hi, ben je er nog?' klonk er plotseling een stem. Verschrikt keek ze op, recht in het gezicht van de jongen met de blonde rastavlechten.

‘Hoi,’ antwoordde ze lichtelijk verward. ‘Ik... wilde alleen maar het busje van dichterbij bekijken.’

‘Ik hoop dat je niet van de narcoticabrigade bent.’ Zijn grijns, omlijst door een stoppelbaard die hem een beetje op een surfer deed lijken, vond Anna akelig aantrekkelijk.

Anna schudde haar hoofd.

‘Fijn, dan hoeven we ons geen zorgen te maken.’ De rastaman trok verwachtingsvol zijn wenkbrauwen op. ‘Je weet zeker niet toevallig een toepassing voor een pond brandbare wiet die smurfenvisioenen veroorzaakt?’

‘Nee, niet echt. Maar ik raad je aan het spul bij het klein chemisch afval te deponeren. In brand steken of in het water gooien lijkt me geen goed idee.’

‘Daar heb je gelijk in, stel je voor dat op kerstavond alle bewoners van de stad door smurfenvisioenen geteisterd worden. Dan komt Grote Smurf de kerstcadeaus brengen of zo.’

Eigenlijk was het helemaal niet grappig, maar Anna moest toch lachen bij het idee dat mensen over de parkeerplaats renden omdat ze dachten dat ze door smurfen achterna werden gezeten.

‘Misschien hebben andere mensen ook andere visioenen. Misschien zien die elfen of eenhoorns of vliegende varkens.’

‘Nee, ik ben er vrij zeker van dat dit spul smurfenvisioenen veroorzaakt.’

‘Heeft het dan blauwe bloemen?’ Anna grinnikte nog steeds en de rastaman grijnsde nog breder.

‘Leuke bus hebben jullie trouwens, hij is zo... kleurrijk.’

‘Mijn vrienden en ik hebben hem beschilderd. Eigenlijk is hij donkerblauw, die kleur van de verfdozen op school. Wij hebben er iets anders van gemaakt.’

‘Dat is goed gelukt.’ Anna lachte onzeker en wreef over haar wangen.

‘Ik heet trouwens Micha, en jij?’ Zijn aard was blijkbaar al net zo zonnig als zijn lach. Anna had een knul als hij op zonovergoten stranden verwacht, maar niet in een Volkswagenbusje in Ludwigslust.

‘Anna,’ antwoordde ze.

‘Van achteren en van voren,’ was zijn reactie.

‘Wablief?’

‘Nou, zoals in het liedje.’ Hij begon te zingen: “*Du bist von hinten wie von vorne A-N-N-A*” – Freundeskreis.’

Nu begon het Anna te dagen. Natuurlijk, het liedje van die band kende ze. Het was wel een beetje oud, maar tijdloos. Op het reisje dat ze aan het begin van het eerste semester met haar studiegenoten had gemaakt, had een van de studenten het onophoudelijk op zijn gitaar zitten tokkelen.

‘Ja, dat klopt.’

Hoewel ze het idee had nogal dom gereageerd te hebben, verdween zijn glimlach niet.

‘En wat brengt jou hierheen? Het ziet eruit alsof je op reis gaat. Of net van een reis terugkomt.’

‘Om precies te zijn ben ik sinds gisteren op reis en lukt het me op een of andere manier niet op mijn bestemming aan te komen.’

‘Een rusteloze reizigster dus. Net als Jack Kerouac.’

Daar kon ze meteen iets mee. ‘Heb je *On the Road* gelezen?’ vroeg ze.

‘Natuurlijk. Hoewel die vent in een heel andere tijd op reis was, moet hij zich toch net zo gevoeld hebben als wij nu.’

Weer dat lachje. Anna wist niet zeker of ze zich daarom tot hem aangetrokken voelde of vanwege Kerouac, een van de bekendste Amerikaanse reisboekenschrijvers.

‘We zijn op weg naar het zuiden,’ zei hij toen. ‘Als je wilt kun je meegaan.’

'Gaat de weg naar het zuiden soms via Berlijn?'

'Ja zeker,' antwoordde Micha. 'Nou, wat vind je? Zin in nog een trip? Natuurlijk zonder wiet en smurfen.'

Eerder zin om naar huis te gaan. Maar dat was niet verenigbaar met Kerouac, dus verzweeg ze haar echte beweegreden en zei alleen maar: 'Ja, natuurlijk. Als je vriend er niet weer vandoor gaat.'

'Die slaapt nu vast en diep tot we thuis zijn.'

Micha glimlachte, knipoogde met zijn zeeblauwe ogen naar haar en draaide zich om. 'Hé, Clarissa, maak de zijdeur eens open zodat onze gast kan instappen. Die wil wel meehelpen om Piet in de gaten te houden!'

Een beetje teleurgesteld constateerde Anna dat er nog andere mensen in het busje zaten. Nou, wat had je dan gedacht? klonk het stemmetje in haar achterhoofd verwijtend.

De zijdeur werd opengeschoven en een knap meisje met kastanjebruin haar keek naar buiten. 'Hi!' zei ook zij, en het viel Anna op dat haar ogen niet alleen grasgroen waren, maar ook voorzien waren van nogal zware oogleden. 'Slaapkamerogen' werd dat wel genoemd.

In eerste instantie dacht Anna dat ze de vriendin van de surfer was, maar toen zag ze dat er nog meer knullen in het busje waren. Smurfenman Piet lag in een dikke deken gewikkeld op een van de zitbanken, een jongen zat tegen de wand van het voertuig geleund een beetje glazig naar haar te kijken, en op de passagiersplaats zat er nog eentje te slapen die ze van buitenaf helemaal niet had gezien.

Waar het vandaan kwam, verried haar neus. Die geur had ze ook een paar keer geroken in het studentenhuis. Misschien had hij niet gewoon smurfenkruid gerookt, maar iets heel anders...

Maar voor ze er verder over kon nadenken, zei Clarissa:

‘Stap in. We stonden op het punt te vertrekken.’

Anna tilde haar rolkoffer in het busje en ging op een lege plaats zitten.

‘Ik ben Clarissa, dat is Jason en die slaapkop die eigenlijk de reservechauffeur hoort te zijn, dat is Max.’

Anna stak haar hand naar iedereen op en stelde zichzelf voor.

‘We komen net van de Oostzee,’ zei Clarissa met de zware oogleden. ‘Fantastisch, kan ik je zeggen!’

‘Ja, dat weet ik,’ antwoordde Anna. ‘Ik kom daar ook net vandaan.’

‘Echt?’ vroeg Clarissa en ze sperde verbaasd haar ogen een beetje verder open.

‘Ja, uit Binz. Nou ja, eigenlijk wou ik naar Berlijn.’

‘Hoe ben je dan hier terechtgekomen, als je naar Berlijn wilde?’ vroeg Jason nadat hij een hijs van zijn joint had genomen, die de geur achterin had veroorzaakt. ‘Dat is toch een behoorlijk eind weg.’

Anna haalde diep adem. Inmiddels had ze er een vreselijke hekel aan om haar verhaal te vertellen, want ze had het gevoel dat er elke keer nadat ze dat had gedaan nieuwe rampen volgden. Of het nu mét George Michael was of zonder.

Maar deze jongeren namen haar zonder aarzeling en zonder dat ze erom had moeten vragen mee en waren ook heel aardig, dus vertelde ze haar verhaal nog maar een keer. Toen ze bij de oude dametjes was aangekomen, startte Micha de motor en reed het parkeerterrein af, de straat op. Vanuit haar ooghoeken zag Anna dat hij dezelfde weg nam als die waarover ze met de douanebeambten was gereden. Puur heen en weer dus. Misschien moest ze net als Kerouac een reisroman gaan schrijven. Maar wie zou er over de odyssee van een studente in de kersttijd willen lezen? Een roman over een surfer die smurfen zag was wel wat anders.

'Nou, dat is echt heel maf,' zei Micha vanaf de voorbank. 'Ik ben nog nooit iemand tegengekomen die zo veel pech had. Behalve Piet misschien, als hij spul te pakken krijgt waarvan hij smurfen gaat zien.'

'Wacht maar, het wordt nog maffer!' antwoordde Anna en ze vertelde toen over Jaroslav, de douaniers, de koffieaanslag en de gemiste trein. En over 'Last Christmas'.

'Dat werkt inderdaad op je zenuwen,' beaamde Clarissa. 'Elke keer dat dat komt krijgt Micha daar voorin een aanval.'

Echt? Anna lachte naar de bestuurder. Dan hadden ze nog iets gemeen.

'Ja, dan zou ik ook het liefst in zwembroek door de sneeuw banjeren. Maar omdat ik het jullie wil besparen me weer te moeten vangen, zal ik nu ook maar een cd opzetten,' kondigde hij aan en hij keek op zijn horloge. 'Als dat liedje al meer dan een uur niet is afgespeeld, bestaat er een goede kans dat wij het onderweg te horen krijgen. En ik heb geen zin met deze kar te stranden.'

Hij knipoogde naar Anna. Die werd rood. Misschien was zij wel de onheilsbode, en niet dat liedje. 'Misschien hadden jullie me niet mee moeten nemen, wie weet wat er nog allemaal gebeurt...'

'Onzin!' antwoordde Micha onmiddellijk. 'Jij bent niet verantwoordelijk voor al die misère, het komt gewoon door Wham!'

'Ja!' riepen de anderen die nog wakker waren instemmend. Hoe de slapers erover dachten kon je natuurlijk niet weten.

'Maar hoe zou een liedje dan ongeluk kunnen brengen?' vroeg ze, want als je er dieper over nadacht, was de bewering dat dat bekende liedje onheil bracht volkomen absurd. Haar afkeer van Kerstmis zou eerder ongeluk kunnen aantrekken...

'Omdat het echt een vreselijk afgezaagd liedje is, waarvan

alle mensen de zenuwen krijgen. Waarom denk je dat ze allemaal zo gestrest zijn?'

'Ja, mijn idee!' beaamde Jason en hij nam nog een hijs van zijn joint. Zijn oogleden waren inmiddels zo omlaag gezakt dat het ten eerste een wonder was dat hij nog meekreeg waarover ze het hadden en het ten tweede niet lang meer zou duren voor zijn ogen helemaal dicht zouden zakken.

Even later klonk er aangename rockmuziek door de speakers van het busje. Anna kon zich goed voorstellen hoe het viertal ermee in de zomer naar festivals reisde. Waarom was zij nooit op dat idee gekomen? Ze zou zo'n wagen met Paula kunnen huren en dan de hele zomer lang rondtoeren...

Alleen: zou dat nog kunnen als Paula besloot met Karsten te trouwen?

Omdat de anderen afgezien van Micha met zichzelf of met hun joint bezig waren, maakte ze haar koffer open en pakte het sprookjesboek van mevrouw Hallmann eruit. Ze weerstond de verleiding de brief nog een keer te lezen en in plaats daarvan begon ze erin te bladeren. De plaatjes waren echt heel mooi en ze constateerde algauw dat er een paar vergeten sprookjes in stonden waarvan ze pas tijdens haar studie had gehoord. Het boek was echt een juweel en ze verheugde zich er al op Jonathan eruit voor te lezen.

'Jeetje, wat is dat versleten,' fluisterde Clarissa naast haar. Anna kromp in elkaar. Ze had niet gemerkt dat haar reisgenote achter haar was opgedoken.

'Wat is versleten?' wilde Jason weten, maar hij hing scheef op zijn stoel en dreigde al in slaap te vallen.

Clarissa negeerde hem. 'Hoe kom je eraan?' informeerde ze terwijl ze op de stoel naast Anna neerzakte.

'Van een oude dame die ik onder mijn hoede heb. Ze heeft het me als kerstcadeau gegeven.' Clarissa stak haar hand uit.

'Mag ik?' Toen Anna knikte, streek ze voorzichtig met haar wijsvinger over de bladzijden. 'Het doet me een beetje aan mijn oma denken,' zei ze peinzend. 'Die had er ook zo een.'

Anna wilde al vragen wat er met haar oma was gebeurd, toen Clarissa zei: 'Ze is overleden toen ik tien was. Toen had ik al geen belangstelling meer voor sprookjesboeken en mijn ouders hebben het bij het leegruimen van haar huis weggegeven. Maar telkens wanneer ik zo'n boek zie, moet ik aan haar denken.' Er gleed een glimlach over haar gezicht.

'Wat doe je eigenlijk?' informeerde Anna nadat Clarissa nog een blik in het boek had geworpen. De brief omzeilde ze wijselijk, want die wilde ze niet aan haar buurvrouw prijsgeven.

'Ik studeer in Potsdam. Rechten.'

Dat verraste Anna. Een blowende advocate? Maar het had ergens wel iets. Misschien had haar strenge professor Winkelstein in zijn jonge jaren ook ooit een joint gerookt. Dat zou verklaren dat hij soms echt ongewone opvattingen had.

'Maar ik weet nog niet of ik wel als advocaat wil werken. Die studie was wat mijn ouders wilden. Ze willen dat ik goed terechtkom, begrijp je?'

Dat begreep Anna heel goed en ze dacht weer aan Gerd, die haar telkens weer de mantel uitveegde over haar studierichting. Maar ze was vastbesloten zich tegenover hem te bewijzen.

'Mijn stiefvader zou ook liever zien dat ik iets anders deed, maar wie zegt dat het met een literatuurstudie niets wordt?'

'Ja, misschien krijg je ooit de Nobelprijs voor de literatuur.'

Anna begon te lachen. 'Als het aan mijn docent ligt, krijg ik niet eens mijn diploma. Maar uiteindelijk verloopt het leven toch anders dan jijzelf en anderen verwachten. Misschien ga ik ooit romans schrijven. Van die vreselijk sentimentele die dan op de bestsellerlijst komen. Dat zal me beter lukken dan veeleisende lezers in vervoering brengen.'

'Maar dan kun je tenminste doen wat je leuk vindt. Of wil je geen verhalen schrijven?'

'Natuurlijk, alleen wil ik mijn eigen verhalen schrijven en niet de verhalen die mijn docent van me wil zien.'

Clarissa knikte nadenkend, toen zei ze: 'Als het aan mij lag, zou ik over de hele wereld reizen en reisgidsen schrijven.'

'Ja, en daarin schrijf je waar je de beste kweek kunt vinden,' liet Micha vanaf de voorbank van zich horen.

'Ja, het mooiste kweekgras,' antwoordde Clarissa. Haar ogen glinsterden schelms. 'Dat moet overal op de wereld te vinden zijn. Van dat andere willen uitgeverijen niets weten.'

'Waarom dan niet?' vroeg Micha lachend. 'Misschien kun je ze er lekker mee maken dat ze dan misschien nieuwe vrienden opdoen. Blauwe...'

Clarissa negeerde hem. 'In elk geval vind ik het geweldig als je kunt doen waar je plezier in hebt. Zodra ik mijn diploma op zak heb, ga ik dat misschien ook doen.'

Anna keek naar haar sprookjesboek, maar omdat ze geen zin had om te lezen, klapte ze het weer dicht.

Bij mevrouw Hallmann zijn ze vast al bezig met het uitdelen van de cadeaus, dacht ze. Anna herinnerde zich dat toen zij klein was, het uitdelen altijd vrij vroeg gebeurde, want zij had eerder naar bed gemoeten dan de volwassenen.

Met haar hoofd tegen de ruit geleund keek ze naar buiten, naar de bomen, waarachter de lucht rood begon te worden. De sneeuw leek ineens op roze suikerspin, tussen de boomstammen flakkerde af en toe de avondzon. Anna deed haar ogen dicht. De schaduwen van de bomen gleden over haar gesloten oogleden. De zon verwarmde haar gezicht.

En toen...

... stond ze weer voor het huis met de veel te hoge deur. Alleen was de deur niet meer zo hoog en was de man met de witte baard lang niet zo bedreigend. Hij lachte zelfs toen hij haar uitnodigde om binnen te komen. En daar stond Anna dan, in een klein vertrek met gekleurde tegels en een witte tafel met vier stoelen in het midden. Verbaasd zag ze dat het haar eigen keuken was, of beter gezegd, de keuken uit haar kindertijd, in het huis waar ze met haar moeder had gewoond tot zij Gerd had leren kennen. Het rook er zoet, de lucht was doordrongen van de geur van suikerspin en zandkoekjes. Ergens klonk gelach van een kind, toen zag ze zichzelf de hoek om komen, een meisje van negen met vlechtjes opzij die door elastiekjes met kersen erop bij elkaar werden gehouden. Ze had spullen om te knutselen in haar handen. Daar wilde ze een kerstboom mee maken ter versiering van de eettafel die avond.

Ze keek naar haar jongere zelf, hoe ze een kerstboompje uit een groen vouwblaadje knipte.

Toen kwam haar vader de deur door. Hij streelde de kleine Anna over haar haar, glimlachte en boog zich naar haar toe. 'Nou, wat maak je daar voor moois?'

'Een kerstboom,' hoorde Anna zichzelf zeggen en ze sprak die woorden in haar droom onwillekeurig mee uit. 'Voor vanavond.'

'O, hij wordt vast heel prachtig.'

Hij gaf haar een kus op haar hoofd en liep toen weer de keuken uit.

Ineens werd de rust verbroken. Kleine Anna keek verschrikt op. Was er soms een vaas op de vloer kapotgevallen?

Ze legde de plakstift neer, gleed van haar stoel en liep naar de deur waarachter haar vader verdwenen was.

Onderweg hoorde ze hen ruziemaken, dat deden ze de laatste tijd vaak, maar daarbij was er nog nooit iets kapotgevallen. In tegenstelling tot de kleine Anna wist de grote echter dat haar vader de aanstichter was. En dat het om een andere vrouw ging. Maar nu liep ze achter haar kleine zelf aan de keuken uit.

Toen de kleine Anna om de deur van de slaapkamer gluurde, zag ze de scherven van een oude vaas op de vloerbedekking liggen. En ze zag ook dat haar moeder haar vader woedend aankeek. Haar vader trilde over zijn hele lijf, maar niet omdat hij het koud had of bang was, nee, hij trilde van woede.

Toen hij zijn hoofd opzij draaide en Anna aankeek, waren zijn ogen donker. Van het ene moment op het andere was hij volkomen veranderd. Hij bleef nog een tijdje kwaad kijken. Zijn woedende blik trof Anna zo onverwachts dat ze geschrokken terugdeinsde.

'Markus!' snauwde haar moeder tegen hem. Alsof het een toverwoord was, veranderde haar vader nu weer terug. Zijn gezichtsuitdrukking werd meer ontspannen. En toch had Anna het gevoel dat iets nog anders was gebleven.

'Wat is er, Anna?' vroeg haar moeder. Ze streelde over haar haar, maar Anna keek niet haar aan, maar haar vader. Ze kon nog steeds niet geloven wat ze gezien had. 'Is alles in orde met jou?

'Ik kwam alleen maar kijken wat er aan de hand is,' antwoordde ze.

'Mama en papa hebben alleen maar een beetje ruzie gehad,' zei haar moeder. 'Het is niet erg.'

'Gaan jullie het weer goedmaken?'

'Natuurlijk doen we dat.'

Haar moeder gaf haar een kus, pakte haar hand en leidde haar de slaapkamer uit. De grote Anna in de kleine wist dat ze het niet zouden goedmaken. Door die ruzie op kerstavond zou alles voor altijd veranderen...

Toen ze de pleisterplaats Linumer Bruch passeerden, schrok Anna op uit haar droom. Even waande ze zich weer in de trein, maar toen drong een weeë geur tot haar neus door. Micha moest daar voorin iets hebben gezegd, maar zij had het niet echt gehoord. Terwijl ze overeind ging zitten, keek ze om zich heen.

Clarissa zat nu tegen Jonas aangeleund, de slaapkop met het smurfentrauma was nog steeds niet wakker en Micha stuurde het busje zwijgend de afrit op.

'Het is wel raar,' zei ze, zonder te weten of iemand wilde horen wat ze had ontdekt, maar op dat moment had ze er behoefte aan het eruit te gooien. Waarschijnlijk begon de hasjlucht ook bij haar te werken. Ze voelde geen verlegenheid meer, ineens verdwenen haar innerlijke barrières. 'Ik kan mijn stiefvader niet uitstaan, ik haat hem zelfs hartgrondig, maar ik weet niet eens waarom. Natuurlijk, hij is heel anders dan mijn echte vader, maar eigenlijk is hij geen slecht mens. Hij heeft altijd geprobeerd te doen wat juist is, hij heeft voor mijn moeder, mijn broertje en mij gezorgd.

Ik denk dat ik hem haat omdat hij de plaats van mijn vader heeft ingenomen. Of omdat ik mijn eigen vader niet kan vergeven dat hij hem gewoon gesmeerd is. Ik heb me vaak afgevraagd waarom hij is weggegaan en of dat misschien aan mij lag. Mijn moeder is heel lang verdrietig geweest en ik wenste vurig dat hij zich zou bedenken en weer terug zou komen. En toen kwam Gerd. Ik mocht hem van begin af aan niet, hoewel hij echt moeite heeft gedaan om goede maatjes met me te worden. Elk woord van hem legde ik op een goudschaaltje, en dat doe ik nog steeds. Oké, hij zal waarschijnlijk nooit begrijpen waarom ik nou juist verhalen wil schrijven, maar eigenlijk is hij er alleen maar bezorgd over hoe ik later mijn geld zal verdienen. Dat hij zich niet kan voorstellen dat je dat met taal doet, betekent nog lang niet dat hij niet om me geeft.'

Toen ze rondkeek, zag ze dat haar potentiële toehoorders nog steeds maften. Maar misschien was het ook wel goed zo.

'Cool verhaal,' zei Micha onverwachts. 'Misschien moet ik maar bekennen dat ik psychologie studeer. Je gevolgtrekking is juist. Hoewel ik de nadere omstandigheden niet ken, is het waarschijnlijk echt zo dat je je vader niet vergeven hebt dat hij bij jullie is weggegaan en dat je dat gevoel op je stiefvader hebt geprojecteerd en mogelijk ook nog heel andere dingen die ermee te maken hebben.'

Anna had niet gedacht dat ze in het busje ook nog eens gratis advies van een zielenkijper zou krijgen. Maar het deed haar goed dat de jongen haar begreep. Ze deed haar gordel af en klom op een lege plaats verder naar voren. Alleen de bestuurder met het rastahaar en zij waren nog wakker, terwijl buiten de vroege avondschemering begon.

'Denk je dat ook mijn hekel aan Kerstmis daarvandaan zou kunnen komen?'

'Hou je niet van Kerstmis?' vroeg Micha, en aan de manier waarop zijn oren bewogen, kon Anna zien dat hij grijnsde. 'Hé, hallo, iedereen houdt van Kerstmis!'

'Ja, dat zou je willen, en dan zie je de mensen gejaagd rondrennen en foeteren en vraag je je af waar de vrede blijft. Misschien moeten jullie je goedje onder de mensen verspreiden, dan worden ze wat relaxter.'

'Daarvoor moet hasj eerst gelegaliseerd worden. Maar nee,

dat is het ook niet. Ik rook het zelf al niet meer, daarom moet ik bij onze uitstapjes altijd rijden.'

Nu moest Anna ook lachen. Die knul was helemaal oké. Niet voor het leven, maar vast een goed maatje voor de eeuwigheid.

'Nou ja, zoals ik al zei, ben ik niet meer zo dol op Kerstmis. Ik heb altijd gedacht dat ik het plezier erin op stel en sprong was kwijtgeraakt, maar als ik eerlijk ben, verdween mijn voorpret elk jaar dat mijn vader niet terugkwam een beetje meer – terwijl ik dat zo vurig wenste. Hij heeft ons nooit eens een kerstkaart gestuurd, geen moeite gedaan me met de kerst te bellen. Hij deed gewoon helemaal niets.'

'Heb je wel eens geprobeerd hem te vinden?'

Anna schudde haar hoofd. 'Nee, want toen ik oud genoeg was om dat te doen, had ik er geen zin meer in.

Ik was me er helemaal niet meer van bewust dat de ruzie die uiteindelijk tot de scheiding van mijn ouders leidde, op kerstavond had plaatsgevonden. Ik heb er daarnet over gedroomd en het allemaal weer beleefd en weet nu dat ik niet boos ben op mijn stiefvader en mijn moeder; de eigenlijke schuldige is mijn vader. De ruzie met Kerstmis. Onbewust verbind ik Kerstmis sindsdien met verlies. Als kind is dat me niet zo opgevallen, maar toen ik ouder werd heeft zich dat op een of andere manier in me vastgezet, en nu ben ik...'

'Het is heel belangrijk om op je dromen te letten.'

'Meen je dat?'

'Ja, natuurlijk! Afgezien van alle droomduidings-hocuspocus zijn dromen belangrijk om dat wat je doormaakt of je ziel belast te verwerken.'

'Dan moet ik misschien vaker dromen,' zei Anna peinzend. 'Vreemd genoeg lukt dat me alleen wanneer ik rondreis terwijl ik dat eigenlijk helemaal niet wil.'

'Daarom is reizen zo belangrijk. Dan kom je bij jezelf. Zoals jij nu.' Hij pauzeerde even en voegde er toen grinnikend aan toe: 'Maar het kan ook komen door de rook in het busje. Ik laat hier de hele tijd frisse lucht naar me toe blazen zodat ik er niet door geveld word. Maar om op jou terug te komen, wat is er met je vader gebeurd?'

'Die is hem nog geen maand later gesmeerd. Mama wilde niet zeggen waarom, maar inmiddels weet ik dat het door een andere vrouw kwam. Hij wilde met haar de wereld in trekken. Vrij zijn. Al dat soort onzin. Kun je eigenlijk vrij zijn wanneer je met iemand samen bent?' Anna dacht daarover na, tot Micha zei: 'Dat hangt van de mensen af met wie je samen bent.'

'Hmm, kan zijn. Nou, in elk geval is hij er met die vrouw vandoor gegaan en vanaf dat moment bestonden we voor hem niet meer. Natuurlijk moest hij alimentatie betalen en dat heeft hij ook gedaan, maar de kerst waarop die ruzie plaatsvond, was de laatste keer dat we het samen vierden.'

'Dat is een heel bittere ervaring. Maar dat je erover praat, betekent dat je er klaar voor bent het los te laten.'

Anna knikte. 'Ja, misschien wel. In elk geval heeft hij ons verraden. Gerd nam zijn plaats in en ik heb alle haat die ik eigenlijk tegen papa koesterde, op hem gericht. En na elke teleurstellende kerst verminderde mijn plezier erin, en nu hoef ik alleen maar geroosterde amandelen te ruiken of een kerstliedje te horen om de kriebels te krijgen.'

'Nou, wat kerstliedjes op de radio betreft, daar ben ik ook niet zo dol op.'

'Ja, precies! Dat gevoel heb ik ook altijd! Als zo iemand als jij die wel dol is op Kerstmis dat al zegt...

'Ho even, jij vindt Kerstmis ook geweldig, je moet het alleen weer voor jezelf kunnen toegeven. Het eten, de lichtjes, dat stomme zware gevoel dat je hebt als je weer te veel gebraden gans hebt gegeten. Dat kan anders suf lijken, maar met Kerstmis mag je je eens lekker laten gaan. Ik verheug me in elk geval op straks, wanneer mijn ma met aardappelsalade en worstjes komt aanzetten.'

'Vieren jullie het dan niet als vrienden met elkaar?'

'Nee, wat denk je wel! Ik zet ze allemaal een voor een bij hun familie af, voor Clarissa en Jason moet ik zelfs helemaal naar Oranienburg. Hun ouders wonen daar, die zijn allebei advocaat.'

'Hebben die dan geen problemen met die joints?'

'Nee, die hebben als jongere ook geblowd, waarschijnlijk zelfs nog erger dan Clarissa. Natuurlijk, af en toe spreken ze haar vermanend toe, maar hoe kun je een negentienjarige daarover nou de mantel uitvegen als je zelf geen haar beter was? Maar ik zit me wel af te vragen wat ik met Piet moet doen, hopelijk krijg ik hem onderweg nog wakker. Zijn ouders zullen er geen begrip voor hebben dat hij stoned bij hen wordt afgeleverd.'

'En wat doe je met die wiet?'

'Die gooi ik onderweg in een vuilnisbak. Of beter nog in een container, waar je het niet in kunt traceren. Het zou niet best zijn als er een of ander omaatje wegens drugsbezit gearresteerd werd.

Waar moet ik jou eigenlijk naartoe brengen? Berlijn is een grote stad.'

Anna dacht na. Wilde ze Micha en zijn lading vrienden echt heel Berlijn door laten rijden naar Zehlendorf? Met Kerstmis, terwijl hun familie op hen zat te wachten? Bovendien was het stadsverkeer in Berlijn onberekenbaar.

'Breng me maar naar het eerste s-Bahnstation waar je langskomt,' zei ze dus. 'Misschien bij de radiotoren. Dan kun je bij de eerstvolgende bocht omkeren en doorrijden naar Oranienburg.'

'Weet je dat zeker?' Micha zette de richtingaanwijzer aan en nam de afslag naar Berlijn-Reinickendorf.

'Heel zeker. Ik kom hiervandaan en weet de weg. De rest doe ik met de trein, die is me dat wel verplicht na dit avontuur.'

21

Met een eigenaardig licht gevoel stapte Anna uit het busje. En dat lag niet alleen aan de joints, waarvan de koude zoete rook Micha en zijn vracht passagiers nog een tijdje zou begeleiden.

Op een of andere manier was het alsof ze in het Volkswagenbusje ook een deel van de last had achtergelaten die ze de afgelopen jaren met zich had meegesleept.

Nu moest ze nog zien dat ze naar Zehlendorf kwam. Over anderhalf uur kon ze thuis zijn! Hoewel ze hier al lang niet meer was geweest, kende ze de route, ze was hier immers opgegroeid.

'En, hoe gaat het nu verder?' vroeg Micha, die ook uitstapte. Nu zag Anna dat hij nogal atletisch gebouwd was. Een echte surfer dus.

Anna keek hem een beetje beduusd aan. Waarom was hij erin geïnteresseerd hoe het verderging?

'Nou, ik ga nu proberen naar huis te komen en dan een beetje kerst te vieren.'

'Met je moeder, je broertje en je stiefvader.'

'Ja, meer niet.'

'Geen geliefde?'

Zijn glimlach raakte haar tot diep in haar ziel en kietelde haar hart.

'Nee, al een tijdje niet meer. Het... waren niet de juiste.'

Micha greep in de zak van zijn cargobroek en haalde een notitieblokje en een pen tevoorschijn. Dat was het laatste wat Anna in zijn zakken zou hebben vermoed. Zelfs zij had geen schrijfgerei bij zich. Micha schreef iets op en gaf haar toen het briefje.

Anna zag een adres en een telefoonnummer, en ook nog een e-mailadres. 'Ik wil je graag eens terugzien.' Micha glimlachte weer ontwapenend toen hij haar het briefje overhandigde. 'Misschien kun je me eens bellen. Of met ons meegaan. Ik denk dat we elkaar uitstekend aanvullen.'

Het bloed steeg naar Anna's gezicht. Zo direct had nog nooit een jongen tegen haar gezegd dat hij er niets op tegen had dat ze hem belde. Of bedoelde hij het gewoon heel vrijblijvend? Hadden ze alleen maar een vijfde wiel aan de wagen nodig, een vervanging voor de slaapkoppen?

'Ik... zal erover nadenken.'

De rastaman glimlachte. 'We gaan in het voorjaar een reis naar Spanje maken, een voorjaarsvakantie zo je wilt. Dan heb je vast ook collegevrij, toch?'

'Natuurlijk heb ik dat.'

'Als je nog geen andere plannen hebt, ga dan gewoon mee. Het wordt leuk en dan hoeft Clarissa het niet in haar eentje met ons jongens te rooien. Bovendien...' Zijn glimlach veranderde nu. Alsof die lagen had als een ui, werd hij dieper toen de buitenste schil eraf viel. 'Ik zou het echt fijn vinden je terug te zien, schrijfster. Dan zou je alles wat we meemaken kunnen opschrijven.'

Anna zonk weg in zijn ogen. Minutenlang, zonder dat ze er iets tegen kon doen. Bestond er zoiets als liefde op het eerste gezicht? Ze wist het niet. Strikt genomen was dat haar nooit overkomen. Of toch wel? Ze was gewoon te moe en te beneveld om het zich te kunnen herinneren.

'Oké dan maar,' zei hij ten slotte.

Anna besefte dat hij het koud had. Zij ook, maar ze had het genegeerd.

'Oké dan maar,' herhaalde ze lachend. 'Kom goed aan in Oranienburg en hou je verre van George Michael!'

'Wat dat betreft hoef je je geen zorgen te maken. Ik heb nog een hele stapel cd's die ik kan afspelen. En omdat de anderen in dromenland zijn, kan ik opzetten wat ik wil.'

'Vrolijk kerstfeest, Micha,' zei Anna en ze gaf hem een kus op zijn wang. 'We houden contact.'

'Dat hoop ik.'

Hij zwaaide naar haar, toen draaide hij zich om en liep terug naar het busje. Anna was er zeker van dat hij haar via de achteruitkijkspiegel nakeek, want pas een behoorlijk tijdje later startte de motor weer en reed het busje in de richting van de ringweg.

Pas nu werd Anna zich ervan bewust dat er bij dit deel van het traject helemaal niets was misgegaan. Kwam het misschien toch door de vloek van dat liedje? Of door haar eigen instelling? Het laatste, concludeerde ze. Maar ze was hard op weg met zichzelf in het reine te komen.

Glimlachend stapte Anna de brug over en nam de roltrap naar de s-Bahn. Er waren nu niet veel mensen meer onderweg.

Anna ging bij de kaartjesautomaat staan en zag op het display dat ze nog steeds glimlachte. In tegenstelling tot die verwenste automaat op het station van Ludwigslust werkte het touchscreen prima, en juist toen de trein zich in de verte vertoonde, werd het kaartje afgedrukt.

Wat is het eerste wat me te wachten staat wanneer ik in het huis van mijn ouders ben? vroeg ze zich af, en ze vond het antwoord tamelijk snel. Waarschijnlijk een donderpreek.

Natuurlijk had ze nu kunnen proberen nog een keer naar huis te bellen. Maar de trein stopte en ze moest instappen.

In de trein leunde ze met haar hoofd tegen het raam en liet de huizen aan zich voorbijtrekken. Een man die de daklozenkrant verkocht stapte in en deed een korte mededeling, maar vond nauwelijks gehoor. Ook niet bij Anna, want haar gedachten begonnen af te dwalen. Kwam dat misschien door de hasjwalm?

Niet in slaap vallen! vermaande ze zichzelf toen ze merkte dat haar ogen dichtvielen. Ze schrok op en ging rechtop zitten, maar het was tevergeefs. Haar lichaam werd zwaar. Warmte stroomde door haar heen en geluiden verdwenen in de verte. Maar een paar minuten, zei ze bij zichzelf. Maar een paar minuten rusten, dan gaat het wel weer.

22

'De volgende halte is Zoologischer Garten!'

Anna schrok op en keek verward rond. Ze zat nog steeds in de s-Bahn. Waar ze precies was, kon ze niet zeggen, maar toen remde de trein af en reed het station binnen.

Zoologischer Garten. Precies waar ze moest zijn. Wat een geluk dat ze nog op tijd wakker was geworden! Ze pakte haar trolley, stond op en ging op weg naar de deur. Toen de trein stilstond stapte ze uit, slalomde langs een paar jonge mannen met bierflesjes in de hand naar de roltrap, die haar licht kreunend naar beneden bracht.

In de stationshal was het een drukte van belang. Blijkbaar waren er behalve zijzelf toch nog meer mensen onderweg. Bij de ingang stond een wat scheefstaande kerstboom op haar te wachten, de geur van pizza, koekjes en spoorrails hing in de lucht. Ze hoorde geen muziek, maar zelfs als George Michael ergens 'Last Christmas' had gegalmd, zou dat waarschijnlijk door het geroezemoes van stemmen, omroepberichten en de geluiden van binnenkomende treinen zijn opgeslokt.

Alleen nog maar met de eerstvolgende u-Bahn, zei ze tegen zichzelf en ze sleepte haar koffer naar de lift naar de u-Bahn.

Toen ze op het perron kwam, kon ze haar ogen haast niet geloven. De kleuren lila, geel en roze schitterden op een bank als krokussen in een winterse tuin. Hoe was het mogelijk!

Met ogen groot van verbazing en open mond liep ze op de drie dames af en negeerde dat de eerstvolgende metro pas over veertien minuten ging.

'Kijk nou eens wie daar komt! riep de lila dame toen ze haar opmerkten en de boterbloemdame voegde eraan toe: 'Tja, je komt elkaar in het leven altijd twee keer tegen.'

Waltraud, de rozendame, sprong op en kwam met open armen naar Anna toe. 'Ik ben blij je weer te zien, kindje.'

Anna liet zich door haar in de armen sluiten en terwijl ze zich afvroeg hoe de rozendame het voor elkaar kreeg zo fris te ruiken als een bloemenwinkel, keek ze naar de twee anderen, die er wel wat verfomfaaid, maar beslist niet zo gehavend uitzagen dat je ze niet voor gewone dagjesmensen zou kunnen houden.

'En anders ik wel!' zei ze, wat ook klopte, want de drie bloemendames had ze hier allerminst verwacht. 'Hoe komen jullie hier? Hebben ze gemerkt dat jullie er niet waren en zijn ze jullie komen halen?'

'Nee, helaas,' antwoordde de lila dame terwijl de rozendame Anna naar hun bank loodste. 'Maar we hadden geluk en zijn meegenomen.'

'Door een paar vreselijk onverzorgde jongeren,' voegde Boterbloem eraan toe. 'Die zagen er bijna net zo uit als mijn zonen toen het me niet lukte fatsoenlijke mensen van ze te maken. Toen ze wel fatsoenlijke mensen werden, hebben ze wraak genomen voor al mijn bemoeienis. Ik vrees dat dat de ouders van die kwajongens ook nog te wachten staat.'

'Je bent alleen maar kwaad op ze omdat ze je telkens "omi" noemden,' zei Waltraud met schelms fonkelende ogen.

‘Jou toch ook!’ siste Boterbloem.

‘Maar ik heb daar niets op tegen,’ was de reactie van de rozendame. ‘En ik heb het zelfs geslikt dat ze me te kennen gaven dat mijn haarkleur al sinds jaren niet meer wordt verkocht.’

‘Mij noemde een van hen Margot Honecker,’ bromde de lila dame. ‘Stel je voor, ze vergeleken mij met haar! En ik kom niet eens uit het Oosten!’

‘Helaas heb je geen etiket op waar dat op staat!’ was de venijnige reactie van Boterbloem, die zich vervolgens tot Anna wendde.

‘In elk geval zijn we nu hier en we zijn van plan de hele avond met de tram door de stad te toeren. Zo ontkomen we tenminste aan de maagpillen die ze ons na het avondeten altijd willen geven.’

‘Maagpillen?’ vroeg Anna verbaasd. ‘Mogen ze dat eigenlijk wel?’

‘Je hebt geen idee wat ze allemaal doen zonder dat het mag!’ fulmineerde Boterbloem, maar de rozendame schudde haar hoofd.

‘Nee, natuurlijk geven ze ons geen maagpillen. Alleen wanneer iemand door het eten last van zijn gal krijgt.’

‘Daarvoor zou maagbitter veel beter helpen,’ zei Lila spijtig terwijl ze aan haar droge lippen likte.

‘Maar ze denken dat we drankorgels worden zodra we eens een borreltje drinken.’

‘Is alcohol dan helemaal niet toegestaan?’ Anna herinnerde zich dat het er op de bijeenkomsten van de seniorenkring van mevrouw Hallmann soms ook vrolijk-vochtig aan toeging – meer dan voor sommige deelnemers goed was.

‘Eigenlijk niet,’ antwoordde de rozendame.

‘Maar dat geldt niet voor de zusters...’ zei Boterbloem venijnig.

‘Nou, en toen hebben die knullen ons aan de rand van de stad afgezet,’ pakte Lila de draad weer op, omdat het gesprek dreigde af te dwalen. ‘En hebben we besloten ons uitstapje nog een beetje uit te breiden.’

‘Maar denken jullie dan niet dat ze zich in het tehuis zorgen over jullie maken?’

‘En wat dan nog!’ antwoordde de boterbloemdame. ‘Ze hebben het verdiend. Ze hadden toch ook naar ons op zoek kunnen gaan!’

‘Misschien hebben ze ons wel al als vermist opgegeven!’ zei de rozendame vergenoegd. ‘Ik heb altijd al een ritje in een politieauto willen maken, dat is vast heel opwindend.’

‘Als dat zo is, moeten we er eens over denken een bank te beroven,’ zei Lila droogjes. ‘Dat zou nog eens sensatie veroorzaken op kerstavond!’

‘Maar alleen als je graag in de lik wilt zitten,’ was het commentaar van de rozendame. ‘Daar kom je nog slechter uit dan uit het tehuis.’

‘Maar misschien zijn de bewaarders daar wat appetijtelijker,’ zei Boterbloem met een geheimzinnig lachje.

‘Ik vrees dat we dan in de vrouwengevangenis komen, daar heb je helemaal geen appetijtelijke bewaarders.’

‘Maar we krijgen allemaal een aardige advocaat, misschien heeft die hart voor ouwe dozen zoals wij.’

De vrouwen begonnen te lachen. Ook Anna moest grinniken. En ineens zag ze zichzelf en Paula op de bank zitten, als echt oude dames, in felgekleurde kleding. Paula zou haar voorliefde voor groen vast niet verliezen, en zijzelf... Misschien zou het haar lukken ook wat excentrieker te worden. Groen was dan wel niet haar kleur, afgezien van de Grinchsjaal had ze geen enkel groen kledingstuk in haar garderobekast, maar hoe zat het met knalroze? Of opvallend turquoise?

Dan waren ze misschien niet Sneeuwwitje en Rozerood, maar misschien Gras en Avondhemel?

'Hoe zit het eigenlijk met jou, kindje, ben je alwéér onderweg?' vroeg Lila nu. Het onderwerp bankoverval leek te zijn afgehandeld.

Anna wees naar haar trolley. 'Nee, nog steeds. Een Volkswagenbusje met hippies heeft me naar Berlijn gebracht.'

'Ach, daarom ruik je naar hasj,' zei Boterbloem droog.

'Hoe weet je dan hoe hasj ruikt?' vroeg de rozendame met gespeelde ontzetting.

'Tja, er is ooit een tijd geweest dat ik jong was. Denken jullie nou echt dat ik alleen maar kamillethee dronk?'

'Natuurlijk niet, maar dat je drugs hebt gebruikt...'

Boterbloem haalde haar schouders op. 'Nou en? Jij niet?'

'Mijn moeder had me aan mijn oren getrokken!'

'Nou, ik werd al misselijk als ik gewoon rookte,' merkte Lila op.

'Watje!' was Boterbloems commentaar. Voor de anderen in de verdediging konden schieten, kwam de metro aanrijden.

Ze stapten in en gingen op een plek voor vier personen naast de deur zitten. De fleurige dames oogstten veel nieuwsgierige blikken. Het ontging Anna niet dat een oudere man met een tas vol cadeaus zijn hoofd schudde. Maar dat leek haar gezelschap niet te merken. Het ene station na het andere kwam voorbij terwijl de dames het erover hadden waar de beste mannen waren. Toen ze de Fehrbelliner Platz voorbij waren gereden zonder dat ze waren uitgestapt, vroeg Anna vlug: 'Eh, mag ik jullie misschien in het tehuis komen opzoeken wanneer ik weer eens in Berlijn ben?'

'Wil je je dan echt in dit sinistere gat wagen?' vroeg Boterbloem, waarmee ze verstoorde blikken van de andere passagiers incasseerde.

‘Zo sinister is het helemaal niet. En bij jullie is er vast ook een mooi park.’

‘We zouden heel blij zijn als je ons kwam opzoeken, kindje!’ Waltraud straalde over haar hele gezicht en Lila voegde eraan toe: ‘Nou en of! Dan bietsen we ’s middags wat extra taart voor je. En dan kun je ons vertellen hoe je kerstfeest was.’

‘Alsof ik me dat in de zomer nog kan herinneren,’ reageerde Anna lachend.

‘Och kind, jij bent nog jong. Bovendien denk ik dat je na alles wat er is gebeurd dit kerstfeest niet zo snel zult vergeten.’

‘Maar dan heb ik jullie adres nodig.’

De vrouwen keken elkaar aan, toen zei Waltraud: ‘Dat is Huize Alpenfreude. Daar kun je vragen naar Waltraud Köhler, dat ben ik. De rest komt dan vanzelf.’

Een adres was het noemen van de naam van het tehuis niet echt, maar Anna kon begrijpen dat ze het niet allemaal in de metro wilde uitbazuinen. Ze zou het tehuis wel vinden – misschien nog tijdens de feestdagen, want ze wilde beslist informeren of het bloemrijke drietal het uitstapje had overleefd.

‘Nu moeten we er helaas uit,’ zei de rozendame bedroefd toen de aankondiging “Volgende halte Rüdesheimer Platz” klonk. ‘Kom je ons echt opzoeken?’

‘Natuurlijk, beloofd is beloofd,’ antwoordde Anna, toen omhelsde ze de drie vrouwen nog even snel terwijl de deuren opengingen.

‘Vrolijk kerstfeest!’ riep ze hun achterna toen ze uitstapten.

‘Jij ook, kindje!’ riep Boterbloem terug, waarna de deuren weer dichtgingen. Toen de metro begon te rijden en ze zich omdraaide om nog eens naar hen te zwaaien, waren de vrouwen verdwenen.

Ineens kwam er een vreselijke gedachte bij haar op. Waren ze misschien niet echt geweest, maar aan haar fantasie ontsproten? Had ze zich de vrouwen verbeeld omdat ze het anders niet meer had geweten?

Dat zou in elk geval een goed verhaal opleveren – een dat professor Winkelstein niet zou waarderen, maar bestond er eigenlijk wel iets wat hij oké vond? Ze zou er zeker veel plezier aan beleven om het uit te spinnen.

Nu stroomden er andere mensen het treinstel binnen. Onder hen ook enkelen aan wie je al van verre kon zien dat ze niet binnenkwamen om zich te laten vervoeren. Op een rolwagentje zoals oudere dames soms gebruikten voor hun boodschappen, hadden ze een kist bevestigd die eruitzag als een geluidsbox. Bovendien hadden ze instrumenten bij zich, een klarinet en een saxofoon.

Anna kromp onwillekeurig in elkaar. Ze was helemaal vergeten dat muzikanten in Berlijn net zo bij de metro hoorden als de pvc-stoelen onder haar achterste. De deuren waren nog niet dicht of ze begroetten de reizigers en zetten de geluidsbox aan.

Anna hield rekening met het ergste. Als die knapen zo 'Last Christmas' ten beste gaven, zou de ondergrondse waarschijnlijk midden in de tunnel blijven steken, zou de stroom uitvallen en een horde zombies de metro overvallen. Nou ja, dat laatste was natuurlijk onwaarschijnlijk, maar sinds daarnet leek alles mogelijk. Ook het opduiken van drie kleurrijke kerstgeesten.

Maar 'Last Christmas' was niet wat de klarinettist en saxofonist aanhieven.

'*Feliz navidad!*' tetterde de zanger, waarbij hij met zijn tamboerijn zwaaide. '*Feliz navidad...*'

Anna werd ijskoud. Op haar hitlijst van meest gehoorde en

meest gehate kerstliedjes bezette dit een goede tweede plaats na Bing Crosby's 'White Christmas'.

Maar tijdens haar innerlijke tirade tegen het liedje voelde Anna zich ineens rustiger worden. Dat kwam niet doordat de muzikanten aan een ander liedje begonnen. Dat er muzikanten in de metro meereden, gaf haar echter een vertrouwd gevoel. In haar jeugd was het al zo geweest en ook toen had het op haar zenuwen gewerkt. Maar – ze was thuis! Ze was in Berlijn. En slechts enkele minuten scheidden haar nog van het weerzien met Jonathan, haar moeder en haar stiefvader.

De muzikanten waren net aan het einde van hun liedje toen de metro plotseling remde en tot stilstand kwam. De passagiers keken elkaar verbaasd aan.

Even waren ze allemaal aan het luisteren, de stilte was bijna tastbaar. Allerlei rampscenario's schoten door Anna heen.

'Vorige week,' hoorde ze een vrouw zeggen tegen degene die naast haar zat, 'heeft iemand geprobeerd zich van kant te maken. Die is de tunnel in gelopen, de sufkop, en wilde zich laten overrijden. Gelukkig hebben ze het gemerkt en het metroverkeer stilgelegd. Het heeft bijna een uur geduurd voor ze hem vonden. Toen konden we pas verder. Mijn afspraak bij de kapper kon ik natuurlijk wel vergeten.'

'Dames en heren, door een technische storing zijn wij genoodzaakt even in de tunnel stil te staan,' blèrde de omroeper boven hun hoofd. Het gemompel werd nu luider.

'Het is vast weer zo iemand!' speculeerde de vrouw. 'Met de kerst is het geen wonder dat er een paar doordraaien als ze alleen zijn en niemand hebben.'

'Dat klopt niet helemaal,' mengde zich een man in het gesprek. Zijn chique zwarte jas paste uitstekend bij zijn zilvergrijs gemêleerde haar. Ook zonder verdere aanwijzingen was duidelijk dat hij arts of psycholoog of iets dergelijks was. 'Met

Kerstmis vinden vreemd genoeg de minste zelfmoorden plaats. De zelfmoordcijfers zijn het hoogst in de lente en de zomer.'

'Misschien is de stroom gewoon uitgevallen,' giste een oudere dame, maar dat werd door de andere passagiers meteen bestreden.

'Nee, nee, ik zeg jullie dat er iemand in de tunnel is. Misschien krijgen we ook nog de politie te zien.' De vrouw keerde zich naar het raam en reikhalsde, maar meer dan duisternis leverde dat niet op.

Anna haalde diep adem. Hadden de mensen dan niets beters te doen dan het op kerstavond over zelfmoord te hebben?

'Ola, dan spelen we nog maar wat!' kondigde de leider van het muziekgroepje aan, en even later werd de muziekinstallatie aangezet.

Anna had het idee dat ze weer droomde. Een nachtmerrie. Misschien moet ik ze vragen om 'Last Christmas' voor me te spelen, bedacht ze.

Ze stak haar hand in haar zak, vond wat kleingeld en wilde opstaan om haar verzoeknummer aan de muzikanten door te geven. Maar net op dat moment begon de motor van de trein weer te ronken en slechts enkele ogenblikken later kwam hij weer op gang.

Anna wierp toch wat geld in het gedeukte kartonnen bekertje waarmee een van de jongemannen rondging en glimlachte.

23

'De volgende halte is Krumme Lanke!'

Anna, die inmiddels helemaal alleen in het metrostel zat, stond op en ging met haar rolkoffer bij de deur staan terwijl de trein vaart minderde en ten slotte stopte.

Eindelijk! Krumme Lanke verwelkomde haar met bleke kunstverlichting en duisternis die alles aan de andere kant van het licht opslokte. In het lichtschijnsel wervelden een paar sneeuwvlokken, een ijzige wind drong de neus van mensen binnen en dwong hen nog wat harder te lopen.

Anna stapte het perron op en keek op de stationsklok. Kon ze die vertrouwen? Vermoedelijk wel, niet alle stationsklokken liepen immers achter.

In elk geval was ze gisteren om ongeveer dezelfde tijd wakker geworden in de trein, tweehonderd kilometer hiervandaan. Zou de bestuurder van de sneeuwruimer nog steeds op weg zijn? Zou hij Kerstmis met zijn vrouw kunnen vieren? Hoe zou het zijn met al die hotelgasten in Binz? Met de mensen op het pompstation? Met de student die kapitein wilde worden en voor Kerstman ging spelen? Met Jaroslav, die zijn lading beslist veel te laat had afgeleverd? Met de douaniers die zich zo hadden verheugd op Kerstmis? Met die aardige vrouw in het stationswinkeltje? Met Micha en zijn vrienden?

Terwijl ze de roltrap naar de uitgang op stapte, zag Anna weer hun gezichten voor zich. Allemaal hadden ze ervoor gezorgd dat ze nu eindelijk zou aankomen!

Terwijl ze over de stoep liep, viel haar weer op hoe rustig het was in de stad. Uit de huizen kwam gedempt licht, hier en daar hoorde ze kinderstemmen een kerstliedje zingen. Achter het raam van een huis zong een vierstemmig familiekoor 'Stille nacht, heilige nacht'.

Anna versnelde haar pas. Haar moeder moest zich niet langer zorgen om haar maken.

Voor een geel geverfd huis met drie verdiepingen bleef ze ten slotte staan. Haar hart bonsde. Haar handen waren ijskoud en trilden een beetje. De wind rukte aan haar terwijl haar ogen het raam op de tweede etage zochten. Er brandde licht.

Anna dacht aan de cadeaus voor haar familie die ze bij zich had. De koffer kon er dan wel gehavend uitzien, maar de cadeaus waren beslist nog allemaal heel – boeken konden niet makkelijk stukgaan. Zouden ze blij zijn? Niet vanwege de cadeaus op zich, maar vanwege haar... Eigenlijk was dat haar grote wens: dat ze zich met elkaar verheugden over het samenzijn.

Zuchtend pakte ze de sleutel van de benedendeur uit het voorvakje van de trolley. Ze maakte de deur open, liep de gang in, die altijd een beetje naar katten rook, maar nu eerder naar worstjes, gebraden gans, gebak en glühwein.

De koffer voelde zwaar aan haar hand, haar hart ging steeds harder tekeer. Bij de huisdeur aangekomen bleef ze staan. Moest ze hem gewoon openmaken of aanbellen?

Anna koos voor het laatste. Ze belde aan, probeerde zich te wapenen, wachtte. Er klonken voetstappen. Stemmen. Ze hoorde haar moeder. De deur ging open, er viel een lichtstraal op haar gezicht. Op de achtergrond dacht ze de glans van gouden kerstballen te ontwaren en een heerlijke geur omhulde haar als een warme deken.

Inderdaad was het haar moeder die naar haar toe kwam. Haar gezicht, dat op dat van Anna leek, stond gespannen. Maar de spanning week voor blijdschap toen ze zag wie er voor de deur stond.

'Anna, daar ben je eindelijk!' zei ze en ze sloot haar in haar armen.

'Anna!' riep een jongensstem, en ook Gerd keek vriendelijk naar haar. Anna glimlachte breed en voelde hoe alle zwaarte van haar afviel. Ze deed haar ogen dicht en ineens was het weer als vroeger toen ze nog klein was en zich op het kerstfeest verheugde. Ze voelde hoe de zorgen en ook de duistere gedachten van haar afvielen als een oude, doorweekte mantel. Voor haar was er warmte, waarin ze de vermoeienissen van de reis kon vergeten. Toen haar moeder haar losliet en Jonathan haar om de hals viel, kwamen er tranen van vreugde in haar ogen. Ze was aangekomen.

'Ik heb wat voor je meegenomen,' fluisterde ze zachtjes in zijn oor. 'Dat heb ik onderweg de Kerstman afgetroggeld.'

Van blijdschap gaf Jonathan haar een kus.

Gerd stond er een beetje stijfjes bij, alsof hij niet wist wat hij moest doen. Toen omhelsden ze elkaar.

Nu was het Kerstmis.

Epiloog

Er lag een bijna devote stilte over Leipzig toen Anna door de straat naar het huis van mevrouw Hallmann liep. De kerstmarkt was inmiddels weg, alleen de felrode restanten van rotjes in de goot en in de voegen van de kasseien getuigden nog van de feestelijkheden rond de jaarwisseling. De lucht was helder, de peperkoeklucht, de geroosterde amandelen en 'Last Christmas' waren verdwenen. Leipzig rook weer naar stad, uitlaatgassen, steen, plassen en bomen die erop wachtten eindelijk weer bladerrijke takken naar de hemel uit te strekken.

Anna hield het sprookjesboek onder haar arm geklemd. Niet omdat ze het de oude dame wilde teruggeven; nee, dat zou mevrouw Hallmann zeker niet geaccepteerd hebben. Maar ze had de hele tijd het verhaal van de soldaat niet van zich af kunnen zetten. Intussen was ze zelfs begonnen alles wat ze bij elkaar had verzonnen op te schrijven, voor de opdracht voor professor Winkelstein.

Voor het huis bleef ze staan en keek omhoog naar de ramen, waarin de winterwolken zich dramatisch weerspiegelden. Alleen in deze tijd van het jaar hadden ze die bijzondere uitstraling, alleen nu kon je het nieuwe jaar letterlijk voelen, zien en inademen – dat idee had Anna tenminste.

Vlak nadat ze op de bel had gedrukt, sprong de deur al open. Anna was erg opgelucht geweest toen ze mevrouw Hallmann had gebeld en gemerkt had dat ze weer goed thuis was gekomen.

Inmiddels had ze haar voornemen om een adresboek aan te schaffen uitgevoerd, de belangrijkste adressen stonden erin. In de eerste plaats dat van haar moeder.

De feestdagen bij haar, Gerd en Jonathan waren heel fijn geweest, en dat niet alleen omdat haar broertje erg blij geweest was met het sprookjesboek.

Nee, dit jaar was op een of andere manier alles anders geweest. De kerstballen hadden nog meer van goud geleken dan ze zich herinnerde en het kerstdiner was het heerlijkste geweest dat ze in lange tijd had gegeten. Waarom had ze zich dat genot zo lang ontzegd?

Het was een fantastisch vreedzaam, gezellig feest geweest, waarbij ze, zoals Micha gezegd had, volgestopt op de bank had zitten doezelen en met Jonathan naar de honderdste herhaling van *Drie noten voor Assepoester* had gekeken. En ze hadden een verhaaltje geschreven! Jonathan had vol enthousiasme meegedaan en Anna was ervan overtuigd dat hij op een dag ook zou beginnen romans te schrijven. Maar zover was het nog niet. De pogingen met Jonathan hadden haar echter op ideeën gebracht voor haar opdracht. Ze zou schrijven over de magie van Kerstmis. Daar had Dickens al succes mee gehad en wat kon de professor daar nou op tegen hebben?

Toen ze uiteindelijk weer wegging, had ze gemerkt dat ze verdrietig was. Zou het de volgende keer dat ze thuiskwam weer zo zijn? Dat moest ze maar afwachten – en proberen er zelf toe bij te dragen dat het klimaat tussen haar en haar ouders nog verbeterde.

Boven werd ze door mevrouw Hallmann opgewacht. Die droeg een nieuw grijs gebreid vest op een gebloemde rok. De kerstdagen leken haar benen goed te hebben gedaan, want ze waren niet opgezet. En mevrouw Hallmanns gezicht vertoonde een brede glimlach.

'Meisje, ben je daar weer! Fijn je te zien.'

'Insgelijks, mevrouw Hallmann, gaat het goed met u?'

'Kun je dat niet aan me zien? De kerstdagen waren erg verkwikkend. En deze keer is er helemaal geen ruzie geweest, niet over de cadeaus en ook niet over andere futiliteiten.'

'Het doet me plezier dat te horen.' Anna hield het tasje in haar hand omhoog. 'Ik heb iets meegenomen om op het nieuwe jaar te proosten.'

'O, dat is bijzonder welkom! Kom maar binnen.'

Het rook weer naar gebak, ditmaal naar chocoladetaart. Dat mocht mevrouw Hallmann vanwege haar diabetes slechts in beperkte mate eten, maar Anna besloot er niets van te zeggen, want ze moest weer aan de lila dame, de rozen- en de boterbloemdame uit huize Alpenfreude denken. Ze had het tehuis inderdaad kunnen vinden, maar had nog niet durven bellen. Ergens wilde ze nog even niet weten of de dames echt waren geweest of fantasie.

Mevrouw Hallmann loodste Anna naar de woonkamer, waar de koffietafel wachtte.

'En, hoe gaat het nu met jou, nu Kerstmis voorbij is?' vroeg de oude dame terwijl ze de koffie inschonk.

'Ik mag niet klagen,' antwoordde Anna terwijl mevrouw Hallmann haar het kopje aangaf. 'En om precies te zijn, was Kerstmis echt fijn. Maar voor ik over mijn kerstreis zal vertellen, heb ik een vraag.'

Ze sloeg het sprookjesboek open op de bladzijde waar de brief zat. De hele tijd tussen Kerstmis en Nieuwjaar had de vraag wat er van de soldaat was geworden haar niet met rust gelaten.

Er gleed een veelbetekenend, haast melancholisch glimlachje over het gezicht van de oude vrouw. 'Je hebt hem dus gevonden,' zei ze.

'Ja, bij het doorbladeren viel hij me op en ik moet bekennen dat ik hem gelezen heb.'

'Wat je goed recht is, het boek is immers van jou. Ik vind dat de interessantste dingen in een boek niet de oude bladzijden en verhalen zijn, maar de sporen die de mensen erin hebben achtergelaten.'

Anna pakte de brief eruit en gaf hem aan de oude vrouw. 'Ik dacht dat u hem misschien terug wilde hebben.'

Uit mevrouw Hallmanns gezicht viel afgezien van het bitterzoete glimlachje niet op te maken wat haar relatie met de briefschrijver was. 'Eerlijk gezegd hoort de brief bij het sprookjesboek, en omdat dat nu van jou is, is de brief ook van jou. Maar ik wil je graag vertellen hoe het zit. Zoals je misschien al hebt vermoed, betekent die brief iets voor me. Zo veel dat ik hem ook in goede handen wil weten wanneer ik uit deze wereld zal zijn verdwenen.'

'Wat u pas over zo'n vijftig jaar zult doen!' stelde Anna, waarop mevrouw Hallmann begon te lachen.

'Gun je me dan helemaal geen rust, meisje? Maar wees gerust, ik kom uit een heel taaie familie. Wij bezwijken niet zo gauw, ik word minstens honderd.'

Mevrouw Hallmann staarde een tijdje in haar koffiekopje, toen begon ze te vertellen: 'Ik heb Kurt leren kennen in een van de zomers voor de oorlog; hij zat toen bij een sportvereniging en kwam met zijn ploeg – hij was zwemmer – naar een toernooi bij ons in de buurt. Ik was toen net veertien en eigenlijk nog veel te jong voor de liefde, en toch raakte ik halsoverkop smoorverliefd op die knappe jongen, die al zeventien was. Ik kan je wel zeggen dat meer meisjes het op hem voorzien hadden, vooral uit hogere klassen, en ik gaf mezelf niet veel kans. Maar op een of andere manier kwamen we bij elkaar terecht – soms is het echt zo dat twee mensen elkaar wel moeten vinden. Eerst ontmoetten we elkaar heimelijk tijdens het zomerkamp. Toen kwamen we erachter dat we niet ver van elkaar vandaan woonden. We bleven elkaar stiekem ontmoeten en werden intussen ouder, zonder dat onze liefde minder werd.' Even genoot ze nog van de mooie herinnering – toen gleed er een donkere schaduw over haar gezicht.

'Maar toen kwam de oorlog en Kurt werd gerekruteerd. Ik beloofde op hem te wachten en hem te schrijven zodra hij een veldpostnummer had. Op het station kusten we elkaar en het kon ons niet schelen wie het allemaal zag. Toen begon de lange tijd van het wachten. We dachten allemaal dat de oorlog snel voorbij zou zijn. Maar het duurde en duurde.'

Ze pakte de brief nu toch op en streek met haar duim over het handschrift. 'Je hebt je vast afgevraagd waarom er geen afzender op staat.'

Anna knikte. 'U hebt hem zeker in een andere envelop gedaan, hè?'

'Ja, want de oude was onderweg in de loop van de tijd helemaal gehavend geraakt. De inhoud wilde ik in elk geval bewaren.' Ze pauzeerde, zuchtte en ging toen verder.

'De brief kwam precies op kerstavond en stemde me droevig en blij tegelijk. Droevig omdat ik las hoe slecht Kurt het had, gelukkig omdat ik uit al zijn brieven wist dat hij nog leefde en van me hield. Alleen al door die brief behoorden voor mij die kerstdagen tot de mooiste die ik had meegemaakt, want verder was er niet veel reden tot vreugde. Mijn moeder en ik sleepten mijn broertjes en zusjes er zo goed en zo kwaad als het ging doorheen, van mijn vader aan het front hadden we al maanden niets meer gehoord. Intussen had ik mijn moeder over Kurt verteld, want ik kon zijn gemis nauwelijks meer verdragen. Ik was bang dat ik hem zou vergeten, dat zijn beeld zou verbleken, dus wilde ik over hem praten. Mijn moeder kon zich hem zelfs nog herinneren en bekende dat ze al een vermoeden had gehad. Maar omdat hij was opgeroepen, had ze dat niet geuit – uit consideratie met mij. Maar nu spraken we samen vaak over hem, soms herhaalden we onszelf ook, maar dat kon ons niet schelen.

Met elk woord dat viel, werd zijn beeld in mij duidelijk, ik herinnerde me weer zijn kussen, zijn omhelzingen, zijn geur. We hebben nooit met elkaar geslapen en toch had ik soms het gevoel dat hij 's nachts naast me lag, me omarmde en me veiligheid bood.

Toen kwam het bombardement. Het alarm haalde ons uit bed. Ik kon niet veel meer meenemen dan een jas – en dit sprookjesboek, waarin ik de laatste brief van Kurt bewaarde. Met het boek onder mijn arm rende ik net als mijn moeder en mijn broertjes en zusjes naar de schuilkelder. Het was een zwaar bombardement. Het plafond van de kelder stortte voor een deel in, alles zat onder het stof, zodat je het gevoel had dat je doodging. Ik drukte het boek, het boek met de brief, tegen mijn borst en dacht de hele tijd aan Kurt. En toen leek het net alsof iemand me in de armen nam. Mijn moeder was het niet, die was bezig mijn broertjes en zusjes te troosten. Nee, er was niemand die me echt omarmde. En toch... Ik was ervan overtuigd dat die omarming van Kurt kwam. Natuurlijk was hij niet aanwezig, maar misschien had hij mijn angst gevoeld. Misschien dacht hij op dat moment aan mij. Dat hielp me om die nacht door te komen. Na twee uur durfden we de bunker weer uit – maar van het huis boven ons was niets meer over. Van de ene seconde op de andere had ik alleen nog mijn jas, de kleren aan mijn lijf – we hadden ons de gewoonte aangewend met onze kleren aan te slapen, zodat we niet in nachtkleding naar de schuilkelder hoefden – en het sprookjesboek met de brief van Kurt.

Het was echter niet de laatste beproeving die we te verduren kregen. Op weg naar de naburige stad, waar we onderdak hoopten te vinden, werden we door laagvliegende vliegtuigen beschoten. We moesten rennen voor ons leven, mijn moeder en twee van mijn broertjes en zusjes werden door een kogel getroffen – niet dodelijk, maar ze waren zwaargewond en het duurde heel erg lang voor ze daarvan weer herstelden.

Een half jaar later vernam ik dat Kurt gesneuveld was. Maar niet in de zomer, toen het bericht kwam, nee hij was precies op kerstavond door de partizanen doodgeschoten. Ik was kapot van verdriet. Met Kerstmis had ik het toch heel fijn gehad, ondanks alle ellende. Ik had Kurt in mijn hart gevoeld, ik was er zeker van geweest dat hij nog leefde. En toch... was hij al lang begraven, ergens op een slagveld. Het enige wat er van hem over was, was zijn identiteitsplaatje. En zijn brief.

Ineens werd me duidelijk waarom ik in de schuilkelder en bij de beschieting in leven was gebleven. En ook daarna. Waarom ik het gevoel had gehad dat er bij alle ongeluk dat ik had meegemaakt iemand bij me was geweest en me had geholpen. Je kunt over geloof en het hiernamaals denken wat je wilt, maar ik ben ervan overtuigd dat het Kurt was die ervoor zorgde dat ik in leven bleef. En dat hij dat ook bleef doen. Natuurlijk begon ik toen op tekens te letten, en hoe meer ik dat deed, hoe minder ze zich voordeden. Ik raakte vertwijfeld, want het scheen dat het bericht van zijn dood ook een einde had gemaakt aan zijn bescherming. Maar de volgende jaren gebeurden er steeds weer dingen die me hielpen. Ik leerde een nieuwe man kennen, met wie ik meer dan vijftig jaar getrouwd ben geweest. Ik kreeg kinderen en doorstond zware bevallingen. En telkens wanneer ik in nood verkeerde, had ik het gevoel dat Kurt bij me was en op me paste. Ik ben niet voor niets zo oud geworden.'

'Dat is een heel mooi verhaal,' zei Anna met een dikke brok in haar keel.

'In zekere zin is het dat zeker. Geloof je in geesten, meisje?'

Anna wilde nee zeggen, maar toen dacht ze aan de drie dames die het op het perron voor elkaar hadden gekregen zomaar ineens te verdwijnen. Ze moest echt verifiëren of die vrouwen in het bejaardentehuis woonden.

'Het is maar hoe je het bekijkt,' antwoordde ze dus maar ontwijkend.

'Ik geloof dus in elk geval dat de geest van Kurt bij me is. Jij bent de eerste die over hem hoort. Ik heb noch mijn latere man, noch mijn kinderen iets over hem verteld. Ik geloof dat zijn bescherming op jou zal overgaan als je de brief goed bewaart.'

'Maar hoe moet het dan met u?'

'Ik ben oud en ik denk dat het Kurt wel zal bevallen als hij zich eens om een jonge vrouw kan bekommeren.' Ze glimlachte schalks bij zichzelf. 'Tenslotte ben jij degene die avontuurlijke reizen onderneemt.'

Mevrouw Hallmann reikte over de tafel heen en legde een stuk taart op haar bord. 'Vertel me nu maar eens hoe het jou is vergaan en of je op je reis misschien ook een Kurt hebt leren kennen.'

En Anna begon aan haar ongelofelijke verhaal.

Toen ze weer wegging, rinkelde haar mobieltje. Haar moeder had haar een tegoedbon voor een elektronicazaak gegeven, die ze meteen in Berlijn had ingewisseld – voor een nieuw toestel, want haar oude was door het vallen reddeloos verloren geweest.

Anna haalde het mobieltje uit haar tas en nam op zonder op het display te kijken.

'Nou, Grinch, ben je weer in het land?'

Paula. Er gleed een glimlach over Anna's gezicht. 'Ja, natuurlijk, maar nu kun je me niet meer Grinch noemen, want ik heb het gevierd zoals het hoort.'

'Alleen al omdat je "zoals het hoort" zegt, moet ik je wel zo noemen. Ben je al over de schrik van je turbulente reis naar Berlijn heen?'

Anna had haar natuurlijk zodra ze daar de mogelijkheid toe had gehad, verslag uitgebracht over wat er was gebeurd. Het was een nogal lange e-mail geweest, waarop er meer waren gevolgd omdat ze Paula duidelijk had moeten maken dat ze het niet had verzonnen.

'Ja zeker, en achteraf vind ik dat het toch een heel avontuur was. Niet een dat ik nog eens hoef mee te maken, maar in elk geval wel een avontuur.'

'En hoe zit het met die surfer? Ik zou wel zin hebben in zo'n trip.'

'Waarbij je "trip" letterlijk kunt nemen,' antwoordde Anna grijnzend. Natuurlijk had ze Paula het verhaal over de smurfenman niet onthouden. 'Maar voor je met een surfer gaat rondtrekken, hoe staat het met Karsten?'

'Ik heb hem de ring teruggegeven,' verklaarde haar vriendin ernstig. 'Het is beter zo.'

Anna was geschokt. 'Maar waarom?'

'Omdat ik nog te jong ben om te trouwen.'

Anna zuchtte. Ergens vond ze het treurig dat Paula nee had gezegd.

'Wees maar niet bedroefd, Karsten heeft het heel gelaten opgenomen – en weet je wat hij deed?'

'Nou?

'Hij zei dat hij de ring zou opbergen en het over twee jaar nog eens zal proberen. Kun je je dat voorstellen?'

'Wat? Zijn jullie dan nog samen?'

'Ja, waarom niet? We houden wel van elkaar, ik wil alleen nog niet trouwen. En eerlijk gezegd wilde Karsten het ook niet. Hij had gewoon de geest van Kerstmis in zijn bol, dat is alles.'

'Dan heeft hij ook dit jaar zeker geen kerstboom gekregen?'

'Dat heeft hij wel, hij heeft me een sms'je gestuurd met een foto waarmee hij zich verried. Het was weliswaar geen prachtboom, maar het was er een, dus die tactiek zal de komende jaren niet meer werken. Nou, heb je trek in een stuk appeltaart?'

'Vandaag zal ik daar nog zelf voor moeten zorgen, maar wat denk je van morgen?'

'Prima, mijn colleges beginnen pas overmorgen weer. Dan hebben we een hele dag.'

'Een hele dag!' herhaalde Anna verheugd. 'Oké, tot morgen dan! Als ik niet weer in de trein in slaap val.'

'Dat doe je niet!' antwoordde Paula. Ze gaf nog een smakzoen door de telefoon en hing op.

Toen Anna haar mobieltje in haar tas stopte, zag ze het briefje, dat ze nog steeds bij zich had. Dat was ze bijna vergeten!

Ze haalde het briefje met Micha's nummer uit de tas. Zou ze hem bellen? Dat was ook al iets wat ze met Paula bij de koffie met appeltaart wilde bespreken.

Nu sprong ze op de tram naar het studentenhuis. Vandaag moest er wel een nieuwe brief van Jonathan komen. Die gedachte toverde een glimlach op haar gezicht.

LEES MEER VAN

Corina Bomann

Berlijn, 1919. Dr. Louis Conradi bevindt zich op een kruispunt in zijn leven. De oorlog zette een streep door zijn plannen om als missionarisarts naar Afrika af te reizen, en in Zwitserland, waar hij nu woont, lijkt geen toekomst voor hem te zijn weggelegd. Dan hoort hij dat in Berlijn een ziekenhuis herbouwd wordt. Waldfriede – voorheen een chic sanatorium voor de rijken – wordt een hospitaal voor álle Berlijners. Hij meldt zich aan en inspireert onder andere de jonge verpleegster Hanna Richter om er ook flink de schouders onder te zetten.

In een stad waar de Eerste Wereldoorlog diepe wonden heeft achtergelaten, waar de Spaanse griep heerst en armoede om zich heen grijpt, waar de nog jonge Weimarrepubliek ten onder dreigt te gaan aan nationalistisch geweld, wordt het personeel van Waldfriede geconfronteerd met talloze problemen. Maar ze zijn vastbesloten een veilige haven te zijn voor de bewoners van hun stad – wat de roerige politieke tijden hun ook voorschotelen.

Verkrijgbaar als
e-book
& papieren boek